A CORRIDA DO RINOCERONTE

OUTROS LIVROS DE ROBERTO DE SOUSA CAUSO

Dinossauria Tropicália (organizador). São Paulo: Edições GRD, 1993. Antologia de contos.

Estranhos Contatos (organizador). São Paulo: Caioá Editora, 1998. Antologia de contos.

A Dança das Sombras. Lisboa: Editorial Caminho, 1999. Contos

Terra Verde. São Paulo: Grupo Editorial Cone Sul, 2000. Novela ganhadora do III Festival Universitário de Literatura.

Ficção Científica, Fantasia e Horror no Brasil: 1875 a 1950. Belo Horizonte: Editora UFMG, 2003. Ensaio ganhador do Prêmio SBAF 2003.

A Sombra dos Homens. São Paulo: Devir, 2004. Contos.

Histórias de Ficção Científica (organizador). São Paulo: Editora Ática, Coleção Para Gostar de Ler, 2005. Antologia de contos.

uma fantasia contemporâneo

Roberto de Sousa Causo

A CORRIDA DO RINOCERONTE

um romance

DEVIR LIVRARIA

Publisher: Mauro M. dos Prazeres

Diretor Geral: Walder Yano

Diretor Editorial: Douglas Quinta Reis

Diretora de Redação: Deborah M. Fink

Revisão: Ivana Mattiazzo Casella

Capa: R. S. Causo

Editoração Eletrônica: Tino Chagas

Esta é uma obra de ficção. Qualquer semelhança com pessoas ou eventos da vida real será mera coincidência.

ISBN: 85-7532-248-6

1º Edição: Outubro/2006

Dados Internacionais de Catalogação na Publicação (CIP)
(Câmara Brasileira do Livro, SP, Brasil)

Causo, Roberto de Sousa
A corrida do rinoceronte / Roberto de Sousa Causo ; [ilustrações do autor]. -- São Paulo : Devir, 2006.

ISBN 85-7532-

1. Romance brasileiro I. Título.

06-6723 CDD-869.93

Índices para catálogo sistemático:

1. Romances : Literatura brasileira 869.93

DEVIR LIVRARIA

BRASIL
Rua Teodureto Souto, 624 - Cambuci
CEP 01539-000 - São Paulo - SP
Fone: (011) 3272-8200 - Fax: (011) 3272-8264
E-mail: duvidas@devir.com.br

PORTUGAL
Pólo Industriaç Brejos de Carreteiros
Armazém 4, Escritório 2 Olho de Água
2950-554 — Quinta dos Anjos — Palmela
Tel.: 212 139-440 — Fax.: 212 139-449
E-mail: devir@devir.pt

visite nosso site: **www.devir.com**

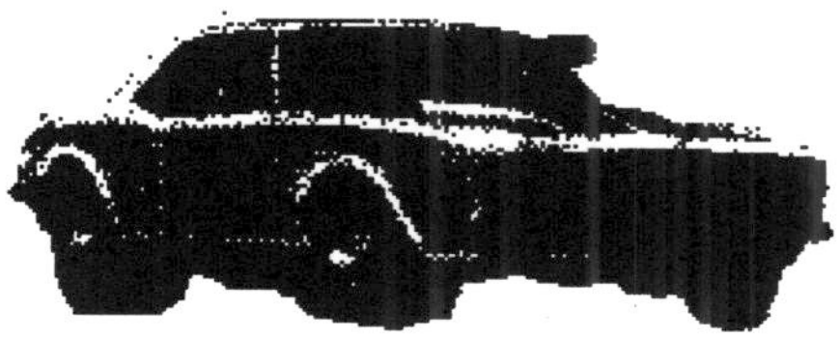

Dedico este romance à minha esposa Finisia Fideli — a quem também dedico o sangue afro de nosso filho.

Esta aventura a alguns dos temas da literatura americana dedico ao nosso amigo Rubens Teixeira Scavone, pioneiro da ficção científica brasileira e autor de Ensaios Norteamericanos *(1963).*

Enfim, devo este livro também aos meus pais e avós.

Ele viu que a vida de um homem é pouco mais do que um instante e que uma vez que o tempo é eterno todo homem está sempre eternamente no meio da viagem, não importa a idade que tenha ou a distância percorrida. Ele pensou ter visto uma grande conspiração no silêncio do mundo e compreendeu que ele próprio devia ser uma parte dessa conspiração e que tinha já ido além dos raptores e do plano deles. Se teve alguma revelação foi a seguinte: a de que ele é um repositório desse conhecimento com que se deparou exclusivamente pelo abandono de toda visão anterior. E assim se dirigiu aos raptores e disse: Não vou lhes dizer nada.

— Cormac McCarthy,
Cidades da Planície

1

South River — EUA — 2001

Eduardo Câmara encontrou a máquina dos seus sonhos à venda em um posto de gasolina. Deteve-se ali mesmo na calçada e observou o Chevrolet Camaro Z/28 1969 que parecia pronto para uma corrida de arrancadas. E provavelmente estava — seus pneus traseiros eram maleáveis e larguíssimos, para ganhar uma área maior de aderência no asfalto, e de uma abertura no capô se projetava um supercompressor todo cromado.

Carros eram um traço da cultura americana que Eduardo apreciava. Nem tudo o que chegava dos ianques interessava a ele, mas carros... Especialmente os tipos envenenados como este, que eram chamados de "*street machines*".

Eduardo estava há pouco tempo em South River, Califórnia. Viera trabalhar como programador de *softwares* básicos em uma multinacional — a Faro Softwares — com filial em Campinas, São Paulo. A empresa, antes baseada na cidade de Sacramento, tinha sido vendida, e a filial brasileira, após um processo de alguns anos, fechada. Eduardo foi o único funcionário brasileiro a escapar da liquidação. Com trinta e dois anos e solteiro, abraçou com prazer a chance de ir morar nos Estados Unidos. Podia muito bem ser a chance de sua vida.

Na divisão de novos projetos, teria de substituir um programador que deixava a empresa. O treinamento era lento, e, após quinze dias em South River, ele ainda tinha muito com o que se familiarizar.

South River na verdade ficava no norte do Estado da Califórnia, quase na fronteira com o Oregon. O rio em questão era o Klamath, que (conforme um folheto apanhado por Eduardo no aeroporto) queria dizer "fluidez" na língua de uma nação indígena local. A cidade encontrava-se ao sul dele, a alguns quilômetros de suas margens. O clima era frio e a região ainda conservava bosques inteiros de pinheiros, abetos e sequóias. A apenas cem quilômetros para oeste, o Pacífico batia as praias do continente.

Uma cidade de pequeno porte, cidade de sonho americano, pintura de Norman Rockwell espalhada no vale de um rio estreito, com vastos subúrbios de muitas árvores e adoráveis casas de dois pisos, Seven-Elevens que pareciam brotar a cada três quarteirões, e um centro com prédios coloniais em que era proibida a construção de edifícios com mais de três andares, para não obstruir a paisagem. Um desses lugares onde no outono sempre havia uma brisa soprando punhados de folhas avermelhadas sobre o asfalto, crianças andando de bicicleta em bandos, e relíquias automobilísticas rodando nas ruas — *hot rods* de cores berrantes e pranchas de surfe nas capotas, saindo nos fins-de-semana para a estrada que levava ao mar.

Mas o Z/28... Tinha um aviso de *for sale* no pára-brisa. Eduardo se aproximou; curvou-se para observar o interior cheio de instrumentos. Um sujeito corpulento, vestindo um macacão sujo de graxa, veio em sua direção. Era moreno, com um bigode preto no rosto mal-escanhoado. O nome "Folson" aparecia estencilado em seu macacão.

— Interessado?

— Acho que este está acima do que posso pagar — Eduardo respondeu.

Folson negou com a cabeça, de um jeito ansioso.

— *Cinco* mil dólares é só o que eu estou pedindo por ele — disse, enquanto abria a porta do Camaro e destravava o capô. — Estou praticamente jogando fora um carro *super street*, cara. Dê uma olhada.

"*Super street*" eram automóveis que faziam um quarto de milha em dez segundos ou menos, Eduardo sabia.

— Um pouco fora da minha liga — disse. O motor cromado dominado pelo supercompressor estava exposto diante dos seus olhos, fazendo-os doer como o brilho de um dia ensolarado de verão. — Eu nem saberia dirigir um monstro destes.

— Eu estava entrando na faixa dos nove com ele, cara — Folson dizia, ignorando-o. A "faixa dos nove" era o quarto de milha feito entre nove e nove vírgula noventa e nove segundos. *Muito* rápido. — Agora preciso dos cinco mil para pagar as *multas*. — E deu uma olhada sentida para Eduardo.

— O que houve?

— Os tiras caíram em cima de mim, cara. Não estão dando espaço algum para os corredores. Especialmente os rapazes do lugar. Ainda vem muita gente de fora correr aqui, corredores de San José e de Oakland, de Medford, Eugene e Roseburg no Oregon. — Fez uma pausa pensativa. — Se não pagar as multas até a próxima semana, eu posso terminar na cadeia.

Eduardo tornou a examinar os contornos prateados do grande motor V8.

— Não acredito que você esteja vendendo essa maravilha por apenas cinco mil...

— Estou vendendo-a por cinco mil para não terminar na *cadeia*, cara — Folson insistiu, mas nesse instante Eduardo fazia cálculos mentais e mal o ouvia.

Tinha os cinco mil dólares. Estava com ele em South River — algumas economias mais uma bonificação que a firma lhe havia dado, por conta da mudança. Era o seu "fundo de emergência", por assim dizer. Deveria gastá-lo em um carro exótico, apenas para realizar uma fantasia? Por que não? Afinal, receberia quase três mil dólares por semana, no novo trabalho — menos do que ganharia um americano na mesma colocação, mas ainda assim, um bocado. O problema é que talvez nem pudesse levar o carro para o Brasil, ao final do seu contrato de três anos — *se* a empresa resolvesse desistir dele. Mas certamente se divertiria muito pilotando uma máquina dessas enquanto estivesse na Califórnia.

— Fico com ele — disse, calando Folson, que ainda recitava a sua ladainha sobre ir preso e ter o carro confiscado de qualquer jeito. — Mas... talvez você pudesse ajeitá-lo para algo mais próximo de um carro de rua?...

— É claro — Folson disse. — Vou precisar de algum tempo para trocar estes *slicks* por uns radiais, porém. A polícia não permite. E as correias, para cortar vinte e cinco por cento da potência do *blower*... Você sabe, mesmo como um *real street*, este Camaro ainda pode correr dentro dos dez. Não são muitos os carros da região com essa potência, cara. Mas os novos pneus e o meu trabalho de *tuning* do motor vão custar-lhe uns quatrocentos e cinqüenta dólares, *okay*? Vou precisar de uma semana.

Eduardo apenas anuiu. O preço parecia subir tão rápido quanto o Camaro parecia arrancar, mas ele agora estava dominado pela idéia de possuí-lo. Folson fez um gesto embaraçado, antes de prosseguir:

— E você precisa ir até o Department of Motor Vehicles registrar o carro. Uma exigência dos tiras, você sabe. Eu recomendo que depois procure o oficial Adams, no Departamento de Polícia.

Eduardo encarou-o.

— Vocês devem ter causado muita encrenca, para a polícia cercá-los desse jeito — disse. — Mas eu não pretendo correr. Só pegar uma estrada de vez em quando.

Folson anuiu enfaticamente, e fechou o capô.

— Vou transformá-lo em um cruzador perfeito para a estrada. Volte aqui na próxima sexta com o dinheiro, e eu dou a você os documentos e as chaves.

Duas semanas depois, Eduardo entrava na Central de Polícia de South River, balançando os documentos e as chaves do Chevrolet Camaro, que tinha estacionado do outro lado da rua. Uma semana após seu encontro com Folson, tornara-se proprietário do automóvel — e a empresa o havia tirado do modesto motel da cidade e lhe fornecido uma moradia menos provisória, sob a forma de uma bela casa em estilo *craftsman*. Situava-se num subúrbio em que alguns dos vizinhos lhe atiravam olhares hostis, por cima das cercas-vivas. Não conseguira ainda uma resposta minimamente calorosa, para os seus cumprimentos. Outro inconveniente era não poder colocar o recém-adquirido automóvel na garagem, que estava ocupada por caixas de papelão cheias de equipamentos, documentos, disquetes e outras coisas da firma.

O Camaro estava lhe causando mais problemas do que antecipara. Não pelo fato de a conta de Folson para os arranjos ter excedido em cem dólares o valor previamente acordado com ele. A verdade é que Eduardo demorara muito para procurar o oficial Adams. Como todo bom brasileiro, achou que poderia se ocupar da burocracia mais tarde. Só que no ínterim fora detido por um carro-patrulha, enquanto rodava tranqüilo pela estrada que levava até o mar. Tinha o título de propriedade e o registro, obtido dias antes no DMV, e por isso não se assustou. Percebeu de imediato que os dois policiais o tomaram por Folson. Mas eles logo mascararam o seu engano com ações que realmente deixaram Eduardo surpreso e chocado.

Eles o fizeram sair do carro com alguma rispidez, as mãos nas armas. Obrigaram-no a se apoiar no teto e o revistaram demoradamente. Com demora ainda maior, revistaram o Camaro, deixando os pisos todos fora do lugar. Por um instante, Eduardo temeu que Folson tivesse esquecido alguma "substância ilegal" no seu interior, mas os policiais nada encontraram.

— O que é isto? — um dos policiais comentou ao colega, ao examinar os documentos. — Folson vendeu a sua máquina para um preto de fora da cidade? Que tipo de nome é este?

O outro policial tinha a sua carta de habilitação. O nome na plaqueta pendurada em seu peito era "Daniels".

— Um estrangeiro — disse, e, voltando-se para Eduardo: — Quais são os seus negócios em South River?

Eduardo observou, enquanto respondia à pergunta, o segundo tira dar-lhe as costas e murmurar ao colega, "como se não bastasse os negros que já temos aqui..."

— Estou aqui para trabalhar. Sou um contratado da Faro Softwares.

Os dois patrulheiros entreolharam-se.

— Com a Faro, hã? — Daniels disse, devolvendo-lhe os documentos. Um tanto da sua atitude hostil esvaziou-se, e ele encerrou com uma recomendação: — Rodar com esse tipo de veículo por aqui pode causar a você muitos problemas. É melhor ter cuidado.

Eduardo dera meia-volta e fora ter com Folson, que lhe asseverou que, se falasse com Adams, as coisas se resolveriam.

Então lá estava ele, diante do prédio comprido e baixo, todo funcional com janelas de vidro junto à entrada, caminhos cercados de grama bem aparada e um renque de pinheiros altos, nos fundos. A Central de Polícia. Fazia um dia de calor excepcional.

Eduardo parou na espécie de guichê que havia logo na entrada. Os policiais usavam uma insígnia em forma de escudo com uma estrela de cinco pontas no centro. Em cima vinha escrito POLICE DEPARTMENT e embaixo SOUTH RIVER COUNTY SINCE. Um deles escrevia alguma coisa, do outro lado do balcão.

Eduardo perguntou pelo oficial Adams.

— É o "corpo" ali no fundo — o oficial respondeu, sem encará-lo, apenas apontando com o polegar direito por cima do ombro.

Eduardo olhou na direção apontada e viu apenas uma loura de uniforme rabiscando qualquer coisa sobre uma escrivaninha. A janela mais próxima dela tinha as persianas fechadas e ele não pôde divisar bem os seus traços.

— A moça loura? — balbuciou.

— A oficial de polícia Jennifer Adams — o homem respondeu, com um meio-sorriso.

Bem, não seria a primeira vez que Eduardo era enganado pela ausência de flexão de gênero no inglês. "Folson deveria ter me dito", pensou, ainda um pouco irado com o sujeito. Foi até a mesa da oficial Adams, uma mulher jovem, com rosto de traços finos brilhando de suor no dia calorento. Um rosto triste. Linhas que se formavam nos cantos dos olhos desciam enviesadas ao longo do nariz e feriam as faces rosadas. "*The tracks of my tears*, como diz a velha canção?"

Mesmo com metade do corpo oculto pela escrivaninha, ela lhe pareceu ligeiramente acima do peso, de busto generoso e braços roliços comprimidos pela camisa cáqui. Sob a mesa havia um chapéu do tipo escoteiro e uma réplica em metal de um Chevrolet Bel Air '56 preto e branco, com marcas da polícia, servindo de peso-de-papel.

— Com licença, senhora. — Ele murmurava, talvez em respeito à tristeza de seu rosto. — Meu nome é Eduardo Câmara. Disseram-me que eu precisava falar com você a respeito de um automóvel.

Adams levantou os olhos para ele, e Eduardo viu que as pupilas eram quase transparentes, de um cinza cor de gelo que lhe provocou uma reação estranha, aflitiva. Apenas a íris negra e uma pálida borda circular, como os olhos de um cego.

— Sente-se, por favor. — Ela afastou a folha impressa em que estava escrevendo, e apanhou um novo formulário de uma das gavetas da mesa. — Eduardo é como Edward, certo? Uma versão latina do nome.

— Sim. Sou brasileiro, trabalhando aqui na empresa Faro Softwares. — Passou a ela seu passaporte e os documentos do Chevrolet. — Trabalhador categoria agá-um-bê.

— Brasileiro... — ela murmurou, examinando os documentos. Eduardo notou que havia uma qualidade arenosa em seu timbre, a mais suave voz roufenha. — Hum! O carro de Gary Folson... Tivemos muito trabalho para tirá-lo das ruas.

— Folson está vendendo o carro para pagar as multas — Eduardo voluntariou.

— Há corridas de rua no Brasil?

— Sim. Nós as chamamos de "rachas". Mas não vou correr aqui.

Outro olhar transparente.

— Para que um carro de seiscentos e cinqüenta cavalos, então?

Eduardo meditou sobre a pergunta. Era uma boa pergunta.

— Um sonho de infância, eu acho.

Ela anuiu lentamente, como se compreendesse. Devia achar que era uma coisa masculina boba qualquer.

— Geralmente funcionários bem pagos de empresas de computadores têm carros importados, como um Jaguar ou um BMW...

Eduardo sorriu.

— Eu ainda não ganho tão bem para comprar um desses, e meu *status* aqui é temporário. Gosto de carros americanos, de qualquer modo. No Brasil eu tive um Ford Maverick...

— Um carro de vovó, comparado com o este aqui. — Ela bateu com o indicador nos documentos do Camaro.

— Acho que estou fazendo progressos.

Os dois se encararam em silêncio, por um instante.

— Temos tido muitos problemas com corredores de rua em South River de uns três anos para cá — ela disse, a voz rouca um pouco mais baixa, mais séria. — Primeiro foram os garotos locais que tornaram o lugar um ponto famoso entre os corredores, em toda a costa oeste. Depois veio gente de Oakland e San José, com carros ainda mais perigosos... E dinheiro de drogas para apostar. Onde há dinheiro de drogas para apostar em corridas, há também o trânsito de substâncias proibidas e de armas automáticas. Pusemos alguma pressão nos garotos da cidade, construímos uma pista de *drag racing* para canalizar as energias deles para fora das ruas, mas com as gangues de traficantes apostando pesado, o problema persiste. Até mesmo tentamos convencer os donos de postos de gasolina da cidade a vender apenas o combustível comum, ao invés da gasolina de alta octanagem preferida pelos corredores, mas falhamos...

— Por que viajar cem milhas para correr aqui? — Eduardo perguntou.

A loura apontou o mapa pendurado na parede às suas costas. Mostrava South River se espraiando ao longo do Klamath. Eduardo logo notou as longas linhas de avenidas e estradas que deveriam seguir retas por muitos quilômetros.

— Há alguns anos a prefeitura da cidade resolveu criar uma infraestrutura para atrair empresas da área de computadores — ela disse. — Centenas de milhares de dólares foram gastos em estradas e loteamentos. Uma boa medida, considerando que no Vale do Silício os preços imobiliários estavam superinflacionados. Mas as indústrias esperadas acabaram convergindo para lá por uma razão ou outra, e South River ficou com duas dúzias de estradas e alamedas desertas e de excelente pavimentação. Foi de uma delas que adaptamos a nossa *drag strip*, a propósito. O outro aspecto é que South River é uma cidade pequena, de poucos recursos. Em Oakland ou Los Angeles a eficácia policial é maior, temo dizer. — Ela o encarou em silêncio por algum tempo. — Mas estamos nos aperfeiçoando, como você verá.

Adams tornou a se concentrar no formulário. Quando terminou e devolveu a papelada a Eduardo, ele inquiriu:

— O seu colega na entrada a chamou de "*the body*". Eu achei curioso, porque em geral a expressão é "*somebody*"...

Seus olhos vítreos se voltaram para o outro policial, de costas para eles, e em seguida se concentraram em Eduardo. Um sorriso brilhou por uma fração de segundo no rosto sério.

— Não posso ajudá-lo com o seu inglês, senhor Câmara.

— Desculpe — ele disse, imaginando que tinha cometido uma gafe. Mas não deixou de insistir: — Realmente, estou curioso. É que a palavra...

— *Okay* — Adams disse, e se levantou, diante do olhar curioso de Eduardo. Usava calças de um azul escuro e camisa cáqui, muito grudadas junto ao corpo, talvez um ou dois números menores por conta dos três ou quatro quilos de peso extra que ela tinha. — Quem sabe o que os caras locais querem dizer? Por que você não — ela se inclinou diante dele, apoiando um braço na mesa e estendendo o outro para uma pilha de folhetos ao lado de Eduardo — pega um destes e vem comigo?

Eduardo podia ver que o sutiã usado por ela lhe atrelava firmemente o busto — que nem por isso deixava de balançar com o menor movimento que fizesse, debruçada diante dele. As carnes se moveram de uma posição de repouso para outra, o seio visível e as curvas começando a se abrir no decote... Ele se levantou um tanto rápido demais, e a seguiu para fora. Também havia movimento extra nas coxas, na bunda que parecia dividida em gomos, onde o elástico da calcinha mordia fundo a carne. Uma lembrança se intrometeu: a sua primeira viagem sozinho aos Estados Unidos, para Orlando, há dois anos. O motorista que o levara até o EPCOT Center era um jamaicano que durante o trajeto tentara discutir futebol com ele. A certa altura lhe havia confessado gostar das mulheres brasileiras. "Elas têm bunda", dissera, para então se corrigir, embaraçado: "Quero dizer, elas parecem saudáveis." Com certeza, vista de frente ou de costas, a oficial de polícia Jennifer Adams parecia muito saudável. E então, a razão da fala do policial: "o corpo" como "uma pessoa". Era um uso lícito sim, meio antiquado no inglês, mas neste caso... O corpo definindo a pessoa. Certamente não um comentário positivo... Mas, o corpo dela... E nesse instante teve um choque — como quem erra um degrau ao descer uma escada, dando um passo mais duro que lhe dá um tranco em todos os ossos e músculos. A próxima coisa que sentiu foi o princípio de uma ereção e o sangue lhe subindo também às faces.

Junto à porta dos fundos, a mulher sorriu brevemente, para em seguida lançar um olhar para o restante da Central de Polícia. Eduardo acompanhou-a e viu que todos os homens olhavam para os dois, por cima dos ombros. Rápido, eles tornaram a voltar os olhos para a frente.

— Venha. Quero lhe mostrar uma coisa.

Ela puxou um par de óculos escuros do bolso esquerdo do uniforme e os colocou, antes de sair. Com olhos tão claros, certamente precisaria deles para sair ao sol.

No pátio da central de polícia havia cinco esguios carros-patrulha — que os americanos chamavam de *cruisers* — pintados de preto. Nas portas lia-se POLICE PATROL SOUTH RIVER. Eduardo reconheceu o modelo: Ford Crown Victoria '96. Um deles tinha o pára-choque dianteiro amassado.

— Com os arranjos que fizemos — Adams dizia —, eles têm agora duzentos e quarenta cavalos e velocidade máxima de cento e quarenta milhas por hora. — Eduardo fez as contas e calculou que os carros faziam duzentos e vinte e cinco quilômetros horários. — Há três outros, mas estão fora — ela completou.

Eduardo apenas anuiu, avaliando os automóveis. Deviam ser carros rápidos *e* estáveis.

— Você é preto, não é? — a policial perguntou, de repente. — Um afro... brasileiro.

Ele teve de parar para pensar, lembrando-se imediatamente do modo como fora tratado pelos dois patrulheiros na estrada — e os olhares dos vizinhos.

Era um mulato, de pele clara e cabelo grosso. Havia sabidamente negros na ascendência de sua mãe. Mas no Brasil ninguém o chamaria de negro — ele porém sabia que nos Estados Unidos as coisas eram diferentes. Não uma questão do tom da pele — mais escuro ou menos escuro —, mas de linhagem de sangue. Havia uma história em sua família, de que a trisavó escrava teria sido uma das mucamas da Princesa Isabel; uma história em que ele nunca acreditara realmente. Claro que, mesmo no contexto da loteria dos recessivos, sendo escuro como era tinha que ter algum ancestral negro no lado do seu pai também, mas desse lado as informações eram ainda menores. Talvez o pai escondesse... Nunca uma vergonha dessas, no seu lado da família...

A descendência de negros, pela primeira vez na vida de Eduardo, ele não podia ocultar. E ao admitir, uma coisa engraçada aconteceu: lembrou-se das vezes em que havia se recolhido em si mesmo, quando o conhecimento do sangue africano em suas veias o fazia sentir as piadas sobre negros que contavam à sua volta. *Pergunta: Quando é que o negro sobre na vida? Resposta: Quando explode o barraco. Ha, ha, ha...* O maior temor sempre tinha sido esse — perder oportunidades. Fora mais seguro convencer-se de que não era preto. *Até aqui.*

— Tudo *okay* comigo — Adams dizia, ante o seu silêncio —, mas você talvez tenha problemas com os vizinhos. Está morando em Upper Valley, não é?

— Sim. Em Oakridge Street quatro-vinte-e-oito. Uma casa da firma...

— Um subúrbio antigo, muitas famílias tradicionais. South River foi primeiro uma cidade de mineradores, gente do Sul que veio para cá depois da guerra entre os estados. Alguns até fizeram fortuna. — Ela sorriu palidamente, ao sol. — Gente que se orgulha de ter passado ao largo dos movimentos de integração e dos direitos civis. Se alguém lhe der trabalho, quero que fale comigo.

Ele anuiu, sem saber o que responder, mas grato pela oferta. Lembrou-se de algo:

— Eu cresci em uma cidade chamada Americana, também colonizada por americanos do Sul, lá no Brasil.

Jennifer mostrou os belos dentes.

— Você não consegue escapar dessa gente, hã? Mas tenho certeza de que os seus americano-brasileiros são bem diferentes do pessoal de Upper Valley.

Ela então o guiou na direção de uma ampla garagem, passando por outros veículos oficiais — Eduardo viu dois Ford Explorers 4x4 V8 e meia dúzia de *pick-ups* velhas, que pareciam abandonadas em um canto. Dois mecânicos passaram por eles, vestindo macacões sujos de graxa. Fumavam seus cigarros tranqüilamente, e Eduardo soube que devia estar perto da hora do almoço. As mamas de Jennifer balançavam a cada passo.

Na garagem havia um Camaro '96 preto, com a palavra INTERCEPTOR pintado no focinho e as luzes policiais vermelhas e azuis Vector, instaladas num reparo aerodinâmico em "V". Adams explicou que a fera tinha mais de 400 cavalos e máxima de 160 milhas ou quase duzentos e sessenta quilômetros por hora.

— Faz de zero a sessenta milhas em seis ponto quatro segundos — disse —, mas está preparado para correr com estabilidade por bastante tempo, mais do que são capazes as *street machines* que aparecem por aqui.

Eduardo endireitou o corpo e olhou para ela. Sorriu, antes de dizer:

— Aposto que você faz essa apresentação para todo mundo que vem registrar um carro aqui.

— Mas alguns recebem o tratamento especial — ela respondeu.

Eduardo lembrou-se dos olhares dos outros homens da força policial de South River.

— Você tem problemas com os colegas de trabalho?

Ela fez um gesto de quem dá pouca importância ao assunto.

— Não sou a única mulher na força, mas os rapazes me escolheram como alvo de piadas.

— É preciso tudo isto para controlar os corredores? — ele perguntou, achando melhor mudar de assunto.

A policial então lhe contou que já havia carros de mais de mil cavalos nas ruas, e que, por alguma razão, muitos convergiam para South River.

— Poucos são os motoristas capazes de lidar com mil ou mais cavalos — sentenciou. — Tivemos uma morte aqui, há três semanas.

— Mal posso imaginar carros de rua com mil cavalos de potência...

— O problema são os novos sistemas de turbo e os de óxido nitroso. Especialmente os de óxido nitroso, que são mais baratos e dão uma resposta de potência mais rápida. Mas se o motor não estiver bem regulado, os resultados podem ser terríveis.

Eduardo sabia que o óxido nitroso era um sistema de gás que, injetado diretamente no motor, multiplicava a potência. Vinha em garrafas especiais, e era acionado quando o motor atingia um determinado nível de rotações por minuto.

Adams ainda listava os perigos mecânicos que assolavam South River:

— Alguns carros correm com grandes tanques de combustível nitrado nos porta-malas, altamente inflamável. Pode imaginar o que acontece se houver uma capotagem perto das duzentas milhas por hora.

Eles se detiveram diante de um volume nos fundos da garagem, coberto por uma capa de lona. Estavam bem perto um do outro, e Eduardo pôde sentir o suor de Jennifer escapando à proteção do desodorante que usava. E o calor manso que irradiava dela, dentro do frescor da garagem escura. Sua ereção ensaiou um retorno.

— Veja isto — ela apontou.

Fez um movimento para retirar a lona, e Eduardo adiantou-se a ela.

O que descobriram foi um Ford Mustang 1980, preto e com as marcas e luzes da central de polícia, como os outros carros. A diferença é que este tinha uma imensa entrada de ar se projetando do capô e monstruosos pneus *slick* no eixo traseiro. O interior estava todo guarnecido por barras de proteção e mantinha apenas o assento do piloto.

— Fazemos sete ponto quarenta segundos, na pista local — explicou, referindo-se ao quarto de milha, um tom de orgulho na voz.

Eduardo olhou para o Mustang, e então para o Camaro. Estava impressionado.

— Mas... quem dirige esses monstros? — balbuciou.

— Eu — Jennifer Adams disse.

Eduardo teve muito o que pensar, a partir das palavras de Adams, nos dias que se seguiram. Não apenas a sua admoestação, mas também "o tratamento especial" — o modo como o seu corpo se movia sob a roupa apertada, e como o seu rosto suado e fino, com suas marcas de tristeza, aparecia por baixo dos óculos escuros e da sombra projetada pelo chapéu.

South River lhe parecia agora um lugar interessante. As informações passadas por Jennifer davam uma qualidade épica qualquer, à cidade. Um entroncamento de ações rápidas e inesperadas, lugarejo com uma história e o esboço de um caráter. John Steinbeck escreveu que "Uma cidade tem um sistema nervoso e uma cabeça e ombros e pés. Uma cidade é uma coisa separada de todas as outras cidades, de modo que não há duas cidades iguais. E uma cidade tem sua própria emoção."

Pena que se tratava de um caráter que o excluía como um invasor indesejado — dois dias depois da conversa com a loura, seu Camaro apareceu riscado a chave, na calçada onde o deixara estacionado. GET OUT NIGER escreveram. Excelente vizinhança... Especialmente considerando que a tradicional sociedade de South River, reunida ali no subúrbio de alto nível, soletrava tão mal as suas ofensas. Eduardo não soube se deveria rir ou chorar. Bem, pelo menos eles não atacaram o *blower* e o conjunto de carburação que se projetavam do capô...

Um vazio pesado instalou-se em seu estômago, quando viu os rabiscos. O racismo explícito e direto desses americanos o deixou chocado pela primeira vez. Sentiu-se, nos dias seguintes, como alguém que andava nu pelas ruas, que tinha alguma coisa morta e exposta em sua casa, que atraía olhares por alguma deformidade física tornada visível apenas aos outros e nunca a ele próprio.

Uma *van* da Faro Softwares o apanhava diariamente às oito da manhã. Não podia usar todos os dias o Camaro para ir de casa ao trabalho — o gasto em combustível seria proibitivo, mas não podia deixar o automóvel parado no meio-fio, à espera de novos atos de vandalismo do comitê de recepção da cidade. Naquele dia, com a garganta seca, fora conversar com seu supervisor, um sujeito antipático chamado Marlin Davies, segundo em comando depois do chefão Gordon Kellner. Perguntou a Davies se não poderiam mudar os arquivos e o resto do material que estavam em sua garagem, para que ele pudesse abrigar o carro recém-adquirido.

— Lamento, Eddie — Davies respondeu. — Nós simplesmente não temos onde colocar aquelas coisas, por enquanto. E se não se importa que eu diga, não foi muito esperto comprar um carro, quando a empresa paga a você transporte gratuito. E ainda chamam você de gênio...

Na quinta-feira Eduardo levou o Camaro para Folson lixar e polir, e ficou satisfeito ao perceber que os arranhões na pintura deixaram apenas o mais leve vestígio. Na sexta-feira à noite, depois do expediente, dedicou-se a remover a desbotada cerca branca coberta de sebe que bloqueava a passagem da frente para os fundos da casa, e por ali enfiou o carro no quintal. A cerca e o resto de plantas ele atirou bem aos fundos, sob os largos carvalhos que lá cresciam. "O jeitinho brasileiro acaba de chegar", disse a si mesmo, limpando as mãos. Pediu a Phillips, o motorista da *van*, que o pegasse a três quadras de distância, dando a desculpa de que precisava andar um pouco para manter a forma. Assim ninguém veria a transformação não-autorizada na propriedade da firma.

Agora, se os vizinhos quisessem atingi-lo através do Camaro, teriam que entrar na casa, e, talvez, a idéia de uma invasão de domicílio fosse o bastante para dirimi-los.

Não contou nada a Jennifer Adams. O problema era seu e de mais ninguém.

Pensava em tudo isso, na sexta ainda, bem depois da meia-noite, enquanto assistia a um velho filme na televisão: *The Liberation of L. B. Jones.* Justamente o tipo de coisa que assistira dezenas de vezes na TV. Vira todos eles, filmes como *Conrack*, *Adivinhe quem Vem para Jantar*, *O Homem de Três Metros de Altura* e *No Calor da Noite*; até dera sorte de pegar a última exibição de *Shaft* na TV do Brasil, dando-se ao luxo de sentir um certo orgulho pelo que os negros realizavam, lá em cima em outro hemisfério e outra cultura, enquanto seguia em seu próprio país mantendo a cabeça baixa e se esquivando das ofensas veladas e falas mesquinhas sobre os negros no Brasil, temendo a sua invisibilidade, seu destino sempre sugerido de pobreza. Percebeu, pela primeira vez, que tendo nascido e crescido durante a ditadura militar, tudo o que sabia de direitos civis e liberdades individuais, ele o aprendera com filmes e livros americanos. Parte dos seus valores. Uma perplexidade dolorosa se assentou nele, ao reconhecer essa influência. Havia algo de muito, muito errado nesse percurso de atalhos.

No Brasil, a palidez de sua pele lhe dava alguma vantagem — se não se bronzeasse muito. Evitava a luz do sol e em tudo havia o medo de perder oportunidades, de deixar escapar as chances de ascender à posição que desejava alcançar.

Bem aqui. No país mais rico do mundo, em uma empresa que surfava a nova onda da Revolução da Informática, da Nova Economia, ganhando experiência e a confiança dos executivos. O único problema é que os moradores do local o viam sem disfarces, e não o perdoavam por isso.

Refletiu silenciosamente e diagnosticou o que sentia — o desconforto de reconhecer o peso de um lugar que não tinha previsão para pessoas como ele. Um imigrante escuro. Olhou pela janela, para a rua lá fora, e pensou no que fazer a seguir. Ficar quieto em seu canto, escondido em casa junto com o automóvel, ou abandonar a máscara e não permitir que os seus amáveis vizinhos o intimidassem?

Mas como?

Decidiu que no sábado sairia com o Camaro, experimentaria o que South River tinha a oferecer em termos de vida noturna. Talvez pegar um cinema e ver o movimento de carros envenenados nas ruas e alamedas.

Não pretendia procurar nenhuma corrida de rua, como prometera a Jennifer Adams, mas também não evitaria assistir a um racha, se a oportunidade se apresentasse a ele.

O sábado à tarde Eduardo passou dirigindo tranqüilamente pela cidade. Não era fácil, porém, controlar a manada de 650 cavalos. Precisara dos primeiros dias para se acostumar à brutalidade do menor arranque, aos pneus queimando em qualquer mudança de marcha. Fazer baliza era um pesadelo, que ele evitava o máximo possível.

Jantou em uma lanchonete tipo *diner*, depois assistiu a uma comédia para adolescentes no cinema local. *Dude, Where Is my Car?* Alguns garotos brancos cochicharam perto, no instante em ele se sentou. Não foi fácil ignorá-los.

Anoitecia, quando apanhou o carro e saiu para a avenida principal. Viu-se no fluxo de *street machines* e *hot rods* entre os automóveis "normais" que enchiam a cidade nos fins de semana, vigiados pelas onipresentes patrulhas da polícia. Eram Firebirds e Mustangs, Chevelles e Camaros com vários níveis de preparação, e carros antigos envenenados e modernizados com pinturas reflexivas e de cores berrantes, motores supercomprimidos, pneus magricelas na frente e imensos pneus traseiros. A maioria ostentava placas de South River. Com algum orgulho, notou que o seu Z/28 atraía olhares e dedos apontados. Até mesmo algumas garotas apontavam — não apenas para o carro, ele percebeu — e sorriam.

Era engraçado... Há um momento atrás sentira-se mal, isolado e ferido pelos olhares. O carro o protegia de algum modo e transformava os olhares de desprezo em admiração. Eduardo refletiu. Eram os dois extremos que faziam a vida social. Quando o grupo desprezava, e quando o grupo prezava. Quando segregava, quando integrava. Para a tribo dos *street rodders*, talvez o seu carro lhe desse o passaporte para a integração... *Alguma* integração. Em

Upper Valley, seu discreto tom moreno, o cabelo duro, o isolavam. Na firma, onde havia outros negros, era o seu sotaque (Davies costumava fingir que não compreendia o que ele falava). Tudo parecia por demais arbitrário... E havia um outro aspecto: esta sociedade era temporária para ele. Estava ali a trabalho; ficaria por alguns anos — senão três, seis... dez no máximo —, e depois retornaria ao que lhe parecia cada vez mais ser o seu verdadeiro lugar, o Brasil. Esqueceria completamente o seu contato com um racismo mais agressivo, comentando-o com os amigos aqui e ali, de vez em quando. Nesse instante um pensamento lhe ocorreu: Voltaria a ser mais um mulato como milhões de outros, grato pelo grau de palidez de sua pele, mas sempre embaraçado pela herança de sangue que corria em suas veias?

No Brasil havia sempre esse discurso de que o que segregava o negro na realidade era a pobreza. Questões de raça não importavam. Mas será? Quanto mais pensava no assunto, mais sentia que lá estivera em sua vida, o tempo todo, abafada e constrita, a marca do racismo. Sempre o fato de que se tornava necessário negar a cor, para ascender socialmente.

Voltaria ao Brasil e a uma realidade diferente, mas a pergunta estaria lá — se fosse visto como negro, o seu talento e competência duramente conquistados bastariam?

Parou em um cruzamento, sem olhar para lugar algum. Ruminava o que acabara de pensar. Era uma perspectiva boa ou ruim, voltar ao que era?

Segundos antes do farol abrir, o rinoceronte passou diante dos seus olhos.

Eduardo piscou. O rinoceronte olhou para ele — olho firme e escuro no centro de uma espiral de rugas, grande nódoa crescendo na cabeça comprida e adornada com dois chifres imensos. Um olhar de soslaio na fração do instante, e então suas narinas espirraram uma nuvem de umidade que se formou breve diante do focinho. Seu couro era escuro, cinzento, e o corpo tão comprido quanto o Chevrolet. Olhava firme para adiante e suas patas pistonavam contra o asfalto, num movimento vivo e leve.

Eduardo olhou em torno. Os outros viram também? Os motoristas e passageiros nos carros parados ao lado e atrás dele?

Rostos imóveis, concentrados no semáforo.

Tornou a olhar para o animal, meio que esperando que tivesse desaparecido. Mas não. Ele marchava ainda, metros adiante, subindo a rua. Então cruzou-a em diagonal. Uma *pick-up* que vinha na direção oposta freou. A mulher que a pilotava sacudiu a cabeça, aturdida. Por que tinha brecado? Eduardo teve a certeza de que ela não vira o rinoceronte, mas de algum modo reagira à sua passagem.

O barulho de uma buzina o fez saltar no assento. Ao seu lado, um carro atravessou o farol agora verde, seguido de outro. Às suas costas uma fila de automóveis esperava que ele se decidisse a sair. Mais buzinas soaram.

Eduardo respirou fundo, deu seta para a direita, acelerou o Camaro, engatou a primeira e esperou. Um Volvo branco passou ao seu lado, o motorista encarando-o insistentemente. Atrás dele vinha um Fusca — de todos os automóveis possíveis — e Eduardo fez o seu Z/28 se lançar para adiante em um forte rugido de cavalos-vapor e num breve espirro de borracha queimada, e cruzar a frente do Fusca.

Entrou na avenida procurando pelo animal. Onde estava?... Entrou em uma rua transversal que começava na pista contrária, e lá o viu — as ancas enormes rebolando no seu trote tranqüilo.

A zona central de South River terminava nessa rua, que se estendia para longe, transformando-se em uma alameda ensombrada por fileiras de árvores antigas e ladeada de grandes casas térreas.

Por quatro quarteirões ele seguiu o rinoceronte, até que as casas fossem substituídas por bosques esparsos e campinas que cresciam à margem da pista. Dali a larga tira de pavimento perfeito seguia até a intersecção com uma das estradas sem destino, de que Jennifer Adams lhe falara. O rinoceronte tomou uma pistas que se estendia para a esquerda, e acertou o passo no acostamento em que crescia grama mal-aparada. Eduardo perseguiu-o em silêncio.

Por mais de trinta minutos os dois seguiram pela estrada. A velocidade não podia ser muito alta, no trote do gigantesco bicho, e Eduardo temeu que o motor do Camaro, regulado para grande desempenho, fervesse a esse passo. Passou a deter o automóvel, esperar que a visão de distanciasse — *(que desaparecesse)* — e então a alcançava outra vez.

O rinoceronte saiu da estrada, ganhando um trecho de campina, pontilhado aqui e ali por pinheiros altos. Eduardo hesitou por um segundo, antes de segui-lo. A frente rebaixada do automóvel raspou a grama um par de vezes. Eduardo tinha acionado os faróis, minutos antes — o sol já havia desaparecido por trás das montanhas — e o facho de luz iluminava as pegadas que o pesado animal cavava na grama.

Espremeu o Camaro para passar pelo espaço entre as árvores, e então viu-se em uma antiga estrada de duas pistas. Nada do pavimento moderno que ficara para trás, mas um asfalto velho, esburacado aqui e ali, a faixa central esmaecida pelo tempo.

Mais árvores surgiam diante dele, à esquerda e à direita, cada vez maiores e mais velhas. Pareciam brotar do lusco-fusco, cerrando fileiras, formando paredes entrecortadas até que se abrissem para uma estreita ravina, um riacho serpenteando em sua parte mais baixa. Animal e automóvel cruzaram uma ponte de madeira, a partir da qual a estrada antiga se estreitava ainda mais.

Ao longe, viu que as montanhas cresciam à proa do Camaro, uma vasta floresta escalando suas escarpas e embaixo se espraiando em um largo paredão quase negro, erguendo-se no horizonte — massa escura contra o pouco de luz que ainda se pendurava no ar frio.

Sentiu medo. O que estava acontecendo? Ele realmente seguia um rinoceronte para dentro da floresta desconhecida?

Pisou no breque. Desligou o carro, calando o suspiro do *blower*. Apagou os faróis. O animal continuou trotando... desapareceu. Sua alucinação desapareceu.

Eduardo abriu a janela para deixar entrar a brisa, respirou fundo. "Tudo bem", pensou. "Não foi nada. Eu não vi o que acho que vi. Com certeza. Não vi coisa alguma."

Virou a chave na ignição, as luzes do painel acenderam-se. "Agora é só voltar pelo mesmo caminho..."

Ouviu um bufar meio bovino, e o rinoceronte surgiu diante do carro — um fantasma insistente, mal-iluminado pelas luzes do carro. E em movimento. Parecia determinado a passar por cima dele, os chifres postados para o ataque, mas no último segundo ele se desviou para a esquerda, atingiu a frente do Camaro com o seu peito largo. Eduardo balançou no assento. O rinoceronte girou diante dele, bufou outra vez, agitou as orelhas.

— Tudo bem! — Eduardo gritou, em português, enquanto tornava a ligar o motor. — Mostre o caminho.

Ligou o rádio para ter a companhia de alguma voz humana. A emissora tocava uma canção após a outra, de *country* meloso e comercial — Shania Twain, Toby Keith e Faith Hill, rodando com ele no Camaro noite adentro, perseguindo o rinoceronte fugido dos seus sonhos.

O bicho virou a monstruosa cabeça para a direita. Eduardo viu claramente os chifres iluminados por seus faróis. Um chifre menor e reto, e aquele enorme e curvo, na ponta do focinho. Um olho brilhou à luz dos faróis, e o rinoceronte tornou a olhar para a frente.

Acelerou um pouco até emparelhar com o bicho.

Seu corpanzil parecia blindado — grandes placas coriáceas nos flancos, mas que mal ocultavam a força animal dos músculos que se moviam por baixo. Devia ser muito pesado. Eduardo podia ver a massa de músculos, gordura e ossos se movendo para cima e para baixo, a cada passo. As pernas curtas batiam o chão e se curvavam graciosamente num ângulo de noventa graus, antes de se esticarem e tornarem a bater. Pelas janelas abertas do Camaro, podia sentir o seu cheiro penetrante. Uma alucinação que ativava todos os sentidos.

O olho negro fitou Eduardo, mas o rinoceronte não alterou o passo nem a tranqüila concentração que o guiava ao seu destino secreto. Havia qualquer coisa de peculiar em sua tranqüilidade, que trespassou o espanto que Eduardo sentia. O espectro animal era uma sombra viva que percorria a cidade e o campo, que cruzava riachos e bosques e penetrava mais fundo no desconhecido. Um propósito inquebrantável o guiava e o animava, propósito que se confundia com a noite e com a terra, com as árvores e com tudo o que viera antes e viria depois. Sozinho em seu carro, ouvindo as vozes fracas de outros seres humanos a cantar melodias melancólicas, Eduardo achou-se também parte dele. E então sentiu-se tranqüilo. E *seguro*. O rinoceronte ao seu lado — seria mesmo possível que fosse outra coisa, alucinação ou sonho desperto? — era pai e irmão mais velho, melhor amigo e companheiro de batalha. Era um *lar* semovente e de respiração pesada e passada leve. E foi assim que, pela primeira vez desde que chegara aos Estados Unidos, Eduardo se sentiu em casa, rodando ao lado de um fantasma ou visão animal, transplantada da África.

Não pôde racionalizar o que sentia, e então simplesmente deixou-se levar.

A estrada penetrou no bosque. A única luz era a dos faróis do Camaro, que espantavam sombras de troncos e galhos para longe, à direita e à esquerda. A pista adquiriu então uma inclinação para cima, e o sopé da montanha avultou-se diante deles.

E então o rinoceronte parou.

Eduardo saiu do carro, deixando a chave na ignição e os faróis acesos. Havia uma mancha pardacenta de couro, onde o bicho atingira o fino pára-choque. No rádio ligado, Clint Black cantava "*did you ever wake up in the middle of a dream?*"

No ponto em que estavam, a estrada velha abria-se, vazando para o lado direito, formando uma espécie de remanso, um pátio antigo que fora, com os anos, timidamente reocupado por mato e árvores. Forçando a vista, Eduardo viu ali alguns tambores de óleo, um velho motor enferrujando — talvez o motor de uma bomba de puxar água. Adiante dele, para a esquerda, a estrada contornava o sopé da montanha e desaparecia entre as árvores. Havia uma abertura na rocha, cortada em ângulos retos. Uma das minas que dera o primeiro sopro de vida a South River.

O rinoceronte chamou sua atenção com um gemido agudo e um ruído não muito diferente do resfolegar de um cavalo. Eduardo olhou para ele e teve o olhar devolvido. Por um minuto ou dois, homem e animal ou homem e alucinação se confrontaram em silêncio, e em torno deles o ar se encheu de formas cinzentas e aladas, dezenas de asas batendo silenciosamente, apenas o menor *fluf* soando no ar frio. Somente corujas tinham um vôo tão quieto, Eduardo sabia. Seu olhar percorreu as formas revoantes, dezenas de corujas, de grande envergadura, espiralando e subindo, se dispersando com a mesma discrição suave com que haviam surgido.

Com agilidade surpreendente, o rinoceronte girou seu corpanzil e marchou para dentro da floresta.

Por ali o Camaro não podia entrar. Eduardo correu até ele, desligou os faróis e o rádio, e retirou a chave da ignição, antes de se meter por entre as árvores.

Esta era a floresta temperada do Noroeste do Pacífico, densa e sombria, rica em espécies e aniquilada em quase noventa por cento. Este canto seria um recorte sobrevivente, Eduardo imaginou. Conservava ainda o senso do mistério, e ele esperava ver tudo — de um urso pardo ao Sasquatch — menos um rinoceronte a avançar inexoravelmente, achatando arbustos e entortando troncos pelo caminho.

Um triste piar, ecoou na floresta: *Uh-uh, uh! Pii-ii-Uh!* Duas vozes que, alternando-se em chamados e respostas, davam vida à forma estática da floresta.

No intervalo dos piados, apenas os ruídos do rinoceronte o guiavam na trilha por entre as árvores. Às vezes o bicho se detinha e resfolegava ou emitia um gemido anasalado, como que impaciente pelo avanço às cegas de Eduardo. Por sua vez, ele se perguntava o que era tudo aquilo e para onde era levado. Ao seu lado, as gigantescas sequóias do tipo conhecido como *redwood* alteavam-se como as colunas dos salões do Olimpo, seus troncos desaparecendo acima de sua cabeça, na escuridão da noite. Perto delas a marcha era mais fácil, pois pouco crescia à sua sombra. Eduardo e o rinoceronte tiveram de controlar sua impaciência, pois a jornada durou mais de uma hora, até completar-se.

A floresta de pinheiros, cedros e *redwoods* acabava subitamente, atrás do que parecia a primeira projeção rochosa da cadeia de montanhas onde ficava a mina abandonada. O terreno transformava-se em um declive desse ponto em diante. A ausência de copas acima de sua cabeça permitia a Eduardo ver alguma coisa à luz da lua, estendendo-se diante dele. A imagem de que a floresta *acabava* ali era correta. Amparando-se num tronco remanescente, Eduardo viu que não havia nada ali além de um milhão de tocos cortados à raiz do chão, onde antes se erguera um milhão de árvores.

O rinoceronte o guiou de volta à mina e ao carro. O relógio de pulso de Eduardo apontava perto da meia-noite. Com as pernas tremendo, ele se apoiou no capô do automóvel. O rinoceronte se aproximou lentamente, olhando-o de lado. Então caminhou com passos também cansados até a entrada da mina e, sem olhar para trás, desapareceu em seu interior.

Eduardo pensou em apontar os faróis do Z-28 para a mina e segui-lo, continuar a perseguir a alucinação, mas nesse momento um rumorejar distante de motores o deteve.

Em cerca de dez minutos uma procissão de carros avançou pela estrada, vindo do coração da floresta. Vinham em baixa velocidade, e eram Mustangs e Firebirds e Corvettes e Novas e Chevelles e Challengers e Barracudas e *pick-ups* puxando mais e mais máquinas de rua em reboques abertos, mais *hot rods* e *custom cars* e *low riders*, modelos das décadas de trinta e quarenta, cinqüenta e sessenta, e *muscle cars* e aberrações mecânicas e monstruosidades automobilísticas. Um pelotão de Harley Davidsons os escoltava e ainda atrás vinham dezenas de carros *stock* carregando os espectadores.

Ninguém se importou com o Z/28 parado perto da mina.

Eduardo escolheu unir-se a eles.

Além da fanfarra de motores ouvia conversas e risos que se elevavam no ar. A cacofonia de muitos rádios ligados. Seguindo o exército de corredores, descobriu onde seria a corrida desta noite. Na larga pista de três faixas, incompleta e abandonada, já esperavam outro tanto de carros com placas de San José e Oakland, meia dúzia de máquinas de South River. Rapazes e moças fumavam maconha ou bebiam cerveja, encostados aos automóveis. Alguns carros, especialmente os dos latinos, eram grandes aparelhos de som sobre rodas. Grupos de negros tinham aparelhos portáteis bramindo *rap music*. As pessoas dançavam ou gesticulavam ao som das batidas. Em algum lugar ouvia-se a melodia minoritária de um *rock' n' roll*. Eduardo refletiu que uma vez o *cruising* fora uma expressão *all American* de uma cultura que florescia na era da máquina e da velocidade.

Mediu com os olhos os arranjos nas máquinas e o contorno dos corpos das mulheres, as bandanas nas cabeças dos latinos e as jaquetas militares nas costas dos negros. Grupos bem distintos se formavam. Gangues que tiravam maços de dólares dos bolsos dos *jeans* e desafiavam os rivais com base no que viam do exterior dos carros — *slicks* escapando de pára-lamas, *blowers* e *tunnel rams* furando capôs, escapamentos cromados, as barras de proteção acolchoadas nos interiores, conta-giros e botões para o acionamento de sistemas de óxido nitroso nos painéis. Alguns corredores gostaram do que viram no seu Camaro, e acenaram para que parasse. Eduardo não ficou para o primeiro *round* de arrancadas, porém.

Pensava em tudo o que Jennifer Adams lhe havia dito sobre as corridas — e pensava no rinoceronte e no deserto de tocos mortos, ósseos à luz do luar.

2

Eduardo retornou à mina no domingo à tarde. Entrou com uma lanterna comprada pouco antes em uma loja de conveniência, mas não encontrou pegada, excremento... Nada do rinoceronte, nem sequer traços do seu cheiro penetrante.

Estava louco, então. Um surto de esquizofrenia, com direito a alucinações visuais e olfativas. Exceto pelas marcas da coluna de carros e motos que passara por ali no dia anterior. Especialmente no ponto em que a estrada velha se encontrava com a rodovia abandonada, o trecho gramado que, à luz do dia, revelava sulcos de pneus na grama, em três ou quatro lugares diferentes. Pelo menos essa parte do sonho era verdadeira... E a marca deixada pelo couro do bicho, no pára-choque...

Na segunda-feira pensou em ver Davies para solicitar uma dispensa médica, mas ao invés, foi para o computador no horário de almoço e mergulhou na Internet. Que problema médico poderia alegar, que não complicasse a sua situação na firma? Ainda estava no período de experiência no novo cargo, e qualquer problema poderia representar a rescisão de seu contrato por justa causa.

Daria um tempo. Se o fenômeno tornasse a acontecer, pensaria em alguma coisa. Racionalizou que talvez fosse uma ocorrência única, deflagrada por um momento de *stress* — toda a novidade de estar nos Estados Unidos, mais a raiva pelo modo como fora tratado pelos policiais e pelos vizinhos...

Os horários de folga nos dias seguintes ele gastou na rede, fazendo buscas sobre rinocerontes. Reconhecia estar fascinado pelo ocorrido, mas talvez pudesse controlar a alucinação com uma dose de realidade. Reforçar a impossibilidade de ter seguido um animal africano na América do Norte, e um bicho que se comportava como se tivesse um propósito bem definido. A primeira coisa que descobriu foi que o animal que tinha visto era um rinoceronte-negro — o branco era maior e tinha uma corcova, parecida com o cupim de um zebu. A segunda coisa que descobriu foi que todas as quatro espécies existentes estavam em perigo de extinção. Algumas pelo encolhimento dos seus *habitats*, em áreas pressionadas pelo avanço das populações humanas. Outras — as africanas especialmente — pela caça ilegal que alimentava o mercado de partes de animais. Os chifres eram usados na medicina tradicional chinesa, e nos países árabes para a fabricação de cabos de adagas curvas.

Eduardo ponderou sobre aquilo. Medicina tradicional, cabos de adagas... Não conseguiu visualizar como seriam as adagas, nem conseguia compreender como um objeto tão arcaico e tão distante do *mainstream* da economia, estaria varrendo os rinocerontes negro e branco da face da Terra. Um *adorno*, na verdade. Uma coisa que a ascendente classe média árabe e seus beduínos montados em barris de petróleo pudessem usar na cintura e evocar uma postura aristocrática ou um heróico tempo passado. Lembrou-se do rinoceronte das suas alucinações — o corpo imenso, o trote decidido. Essa parte era real o bastante, ele tinha certeza. Pela Internet, soube que eram animais que viviam no planeta há quarenta e cinco milhões de anos, sofrendo apenas discretas mudanças físicas. Milhões de anos... E agora seriam *consumidos* até o último exemplar. Um produto esgotado, fora de catálogo.

A palavra em inglês para rinoceronte era *rhinoceros*, ou *rhino*, para encurtar. Eduardo passou a usá-la mentalmente, enquanto navegava pela rede, inconscientemente em busca do seu "rino". "Rino, Rino, onde está você?" Num impulso, fez doações a duas entidades de proteção ao animal, comprou quatro livros sobre o assunto e uma escultura em bronze, com o título de "Two Against the World" e assinada por um artista chamado Kent Ullberg. Mostrava a mãe rino e um filhote, sobre uma pequena rampa de pedra e sob uma árvore, os dois olhando firme para a frente. A combinação da imagem realista com o título — "dois contra o mundo" — fez um longo arrepio percorrer a espinha de Eduardo. Nascer e viver neste mundo assumia um aspecto heróico, quando a criatura tinha um inimigo tão poderoso e implacável quanto o ser humano e o seu comércio.

Eduardo foi tomado pela sensação de que isso era verdadeiro para tudo o que caminhava, voava ou nadava neste planeta — nascer e viver eram atos heróicos, e tudo o que vive desafia o próprio universo. Tudo o que vive e morre na Terra, ele quis acreditar, vivia e morria em júbilo absoluto...

Bem, aí estava um belo pensamento, ainda que desprovido de qualquer fundamentação. E de onde via essa última expressão, "júbilo absoluto"? A morte devia ser, na verdade, um momento de terror e desamparo... Assim como a vida de muita gente — de muitos animais... Ainda assim, parecia-lhe tão verdadeiro...

Reclinou-se na cadeira giratória diante do computador. Conferiu a hora no canto inferior direito da tela. Ainda tinha mais dez minutos. O escritório estava quase vazio, na hora do almoço. Nenhuma força-tarefa virando o relógio para entregar um produto no prazo. As coisas andavam tranqüilas para a empresa.

Em um dicionário de sonhos na WWW, aprendeu que sonhar com rinocerontes o alertava de que "uma grande perda vinha ameaçá-lo, e que tinha problemas secretos". "Problemas secretos"... Expressão interessante, mas a busca o fez abandonar a idéia de psicanalisar a si próprio. Estava disposto a esquecer o assunto. Tomar tudo como um sonho, um delírio que não tornaria a se repetir.

Desligou a conexão com a Internet, e então sorriu diante da sua própria ingenuidade. Tinha gastado quase seiscentos dólares com as doações, os livros e a escultura. Nada disso o deixaria esquecer.

Na sexta-feira da mesma semana, Eduardo rodava com o Camaro pela avenida principal de South River, apreciando os prédios que ladeavam o canteiro central arborizado, quando viu Jennifer Adams em pé ao lado de um dos Crown Victorias azul-escuros da polícia. A viatura estava parada em cima do canteiro central. O sol já se punha por trás das montanhas, deitando reflexos avermelhados sobre o rabo-de-cavalo que a mulher usava.

Eduardo parou o carro diante dela.

— Mr. Câmara e seu Camaro — ela disse, impassível por trás dos óculos escuros. — Não me diga que está usando esse monstro das ruas para comutar de casa ao trabalho.

— Só às sextas. Eu saio do trabalho e vou ao cinema, e depois rodo por aí — ele respondeu, para então perguntar: — E você, a que horas deixa o serviço?

Ela sorriu.

— Sexta, sábado e domingo à noite são os dias de maior atividade dos corredores, você sabe. Preciso ficar de olho neles.

— Que tal uma pausa para o café? Eu gostaria de lhe pagar um café e uma rosquinha.

— Está tentando me vestir um estereótipo, Mr. Câmara? — ela disse, sorrindo mais. — Talvez um suco de frutas e um *croissant*... Mas por meia hora apenas.

— Neste momento, nada me faria mais feliz.

Enquanto ela tomava o suco de *grapefruit*, ele bebericava um *cappuccino*. A lanchonete ficava na avenida, em um dos prédios coloniais que emprestavam seu charme à cidade. O interior tinha piso de madeira-de-lei e mesas eram escuras e lustrosas. Jennifer havia estacionado o *cruiser* da polícia na porta.

O movimento parecia intenso nesse horário. Eduardo surpreendeu-se ao reparar que o único negro no estabelecimento (além dele próprio, embora ainda achasse estranho referir-se dessa maneira) era o moço que atendia aos pedidos. No Brasil, ele talvez não reparasse na ausência de outros.

Jennifer Adams tinha pendurado os óculos escuros no bolso esquerdo da camisa, e seus olhos transparentes o fitavam sob pálpebras levemente cerradas. Eduardo, pigarreou, sob o peso do olhar.

— Então me diga, oficial Adams — começou —, como se tornou piloto de interceptador?

— Você vai me chamar de "Jen" e eu o chamarei de "Ed", a menos que não aprove, *okay*? — ela disse. — Afinal, estou na minha pausa.

— Tudo bem — Eduardo concordou, sorrindo sem jeito.

Por um minuto, enquanto ela se concentrava no suco e no *croissant*, ele pensou que não teria uma resposta. Mas então:

— Meu pai tinha uma máquina de rua lá em Oakland, um Challenger setenta, quatro-quarenta. Ele teve aulas de direção esportiva e me passou as dicas. Quando entrei no Departamento de Polícia de Oakland, esse *background* me ajudou a chegar até o interceptador que tínhamos lá. Trabalhei nessa função por quase um ano.

— E como é que veio para South River? O salário é melhor?

Ela riu.

— A cidade não é tão rica quanto pensa. Mesmo os carros que eu lhe mostrei, a maioria veio de um subcontrato com o *ef-bi-ai* que nos dá uma certa prioridade em adquirir a preços baixos veículos que estão deixando as forças policiais das grandes cidades, substituídos por modelos mais novos.

Apenas o meu interceptador e o *dragster* são investimentos diretos da prefeitura. — Tornou a rir. — Você diz cada coisa! Primeiro aquela coisa com *body*, e agora imaginar que o meu salário...

— Bem?... — ele insistiu.

Jennifer baixou os olhos e começou a descascar a ponta do seu *croissant*. Eduardo imaginou que sua pergunta despertava uma lembrança qualquer que ela não queria que fosse evocada. Ele próprio se concentrou no *cappuccino*, certo de que a conversa ia mal, quando Jen tornou a falar:

— Eu estava perseguindo uma Dodge Ram com turbos-gêmeos e dois assaltantes na cabine. — Sua voz soava distante. — Em um cruzamento eles atingiram um desses mini-utilitários japoneses, a noventa e cinco.

Eduardo respirou fundo e fez as contas. Eram mais de cento e cinqüenta quilômetros por hora. Imaginou a pesada caminhonete atingindo o veículo leve japonês — um fotograma congelado de lataria e vidro e partes corporais sendo lançados ao ar. Jen ainda falava:

— No utilitário estavam uma mulher e seus dois filhos pequenos. Só uma pessoa sobreviveu à batida, um dos assaltantes.

"Então soube que a polícia de South River estava procurando um especialista em interceptação. Eu tinha nove interceptações bem sucedidas, e essa mal-sucedida. Eles ficaram comigo.

"Eu na verdade queria trabalhar em um lugar qualquer que não tivesse tantas ocorrências de interceptação, *okay*? Não me importava com o salário ou com a interrupção de minha carreira no Departamento. Não queria sofrer o risco de uma outra ocorrência como a de Oakland. Achei que o trabalho aqui seria bem menos intenso. E de fato, quando vim para cá a encrenca era apenas controlar os garotos locais, nada muito sério, e nós logo resolvemos a maior parte do problema. Até que os caras de fora começassem a chegar."

Deu de ombros.

— Bem — disse, sorrindo palidamente —, parece que eu fiz a própria cama. Agora tenho que me deitar nela.

Os dois permaneceram em silêncio por um minuto ou dois. Eduardo observou o seu rosto triste e pensou se seria esta, enfim, a razão. Lembrou-se do que ela lhe havia dito no dia em que se conheceram, que alguém fora morto em um acidente, uma semana antes. Ele também sabia que havia complicadores no quadro que ela pintara. A antipatia dos colegas... Ele próprio, porém, não sentia nada além de imensa simpatia — e a clara atração física — por Jennifer Adams. Perguntou:

— Vocês sabem por qual rota vêem os corredores do norte?

— Não, Ed. Eles parecem que se materializam do nada, e todos sabem onde será o ponto de encontro para a próxima corrida. Tentamos monitorar as transmissões de rádio-amador, de telefones móveis, mas não concluímos coisa alguma.

Eduardo pensou no que dizer. Achou melhor ser direto.

— Eles vêem de uma estrada que corta as montanhas e a floresta, perto de uma mina abandonada.

Ela apenas encarou-o. Eduardo levantou os braços, no gesto universal de rendição.

— Não andei correndo, juro. Fui ver o bosque, no sábado passado, e vi os carros passando por ali.

Jen sorriu de maneira irônica.

— Vou fingir que acredito. Quer dizer que você saiu para um piquenique ou coisa assim. Mas, como é que chegou até lá, Ed? Aquela estrada está fechada há anos...

— Há um trecho de grama entre uma das vias abandonadas e a estrada. Em alguns pontos dá para passar por entre as árvores.

Ela ponderou sobre o que ele dizia, cerrando os olhos e acendendo momentaneamente suas pupilas quase invisíveis.

— Não consigo ver onde seria... Pode me levar até lá?

— Sim, claro.

— Mas não hoje. Amanhã à noite. — Fez outra pausa pensativa. — No *seu* carro. Ir em um *cruiser* chamaria muito a atenção. Vou até tirar uma folga...

— Jante comigo, então — ele propôs, rápido. — Depois do jantar eu levo você até lá. E, pelo que vi, as corridas só começam mesmo depois da meia-noite.

Jennifer riu brevemente, e levantou-se. Seu busto subiu e desceu, com o movimento. Eduardo a acompanhou até o caixa.

— Estou sendo direto demais? — perguntou.

— Gosto de homens diretos — ela respondeu, e então eles marcaram em que restaurante iriam jantar no dia seguinte.

O rinoceronte esperava por ele, na frente da casa. Uma estátua de bronze plantada no gramado. Mas assim que Eduardo freou o carro, Rino levantou alto a cabeça, como se desse uma chifrada ou o convidasse para segui-lo, e trotou para fora do recorte verde de grama, fazendo folhas saltarem no ar. Era como se um remoinho de vento o seguisse — "um *saci*?", Eduardo pensou, estupidamente, lembrando-se de leituras da infância. "O saci mais esquisito do mundo..."

Rino passou diante do Camaro, foi para o centro da rua e em seguida deu uma guinada na direção de uma das casas vizinhas. Havia um bando de adolescentes parados em frente — dois rapazes e três garotas. Rino se deteve, invisível diante deles, pateou inquieto uma pata da frente e bufou. Os garotos pararam de conversar e olharam em torno. O chifre mais longo quase tocou uma das moças — menina alta de uns dezesseis anos, que reagiu inconscientemente afastando os cabelos do rosto —, e então ele sumiu em um lento *fade out*, como uma coisa que estivera ali apenas porque o sol a iluminara, e que agora desaparecia com as sombras.

Um dos garotos apontou para Eduardo, que os observava sentado ainda ao volante. O motor de 427 polegadas cúbicas ainda roncava, alto demais mesmo em ponto morto. O garoto mostrou-lhe o dedo médio. Eduardo deixou o meio-fio com o Camaro e entrou de ré no caminho que dava para a sua garagem improvisada. Ao passar diante do alpendre, viu uma pilha de pacotes de papelão em frente à porta.

Depois de entrar pelos fundos, abrir a porta da frente e apanhar os pacotes, perguntou-se se os garotos não seriam o comitê de boas-vindas que havia riscado GET OUT NIGER em seu carro.

Um dos pacotes parecia bem pesado. Sabia o que era e por isso deixou-o para ser aberto por último.

Sentou-se no sofá para folhear os livros. Fotos de rinocerontes nas savanas da África, entre acácias espinhosas e grama alta, ou levantando poeira amarela com suas carreiras. Fotos de rinocerontes mortos, os chifres brutalmente arrancados como que a machadadas de seus focinhos.

Eduardo tomou fôlego e deitou os livros no sofá. Coincidência que eles e a estatueta chegassem no mesmo dia? Concentrou-se no pacote maior.

A pesada escultura em bronze de Ullberg revelou-se aos seus olhos. Ele a carregou, com os bíceps distendidos, até a projeção de madeira que sustentava o sofá e servia de apoio para um pequeno abajur. Depositou a estátua da mãe rinoceronte e seu bebê ali — *dois contra o mundo* —, apontou os chifres para a janela, acendeu o abajur e recuou para apreciá-la.

Foi como se alguém tivesse chutado a parte de trás de seus joelhos. Suas pernas se dobraram e ele caiu de quatro no piso da sala de estar.

Tinha visto Rino outra vez.

À luz do dia.

Quando conseguiu se levantar, arrastou os pés até a cozinha. Tudo girava à sua volta. Tinha meia-dúzia de Budweisers, para o caso de receber alguém

— *Jen*. Depois de respirar fundo seguidamente, foi até a geladeira e apanhou uma garrafa com mãos trêmulas, e bebeu do gargalo.

Na cozinha, a porta dos fundos dava para o quintal da casa. De pernas bambas, Eduardo foi até lá e a abriu. Encheu os pulmões com o ar fresco. A tarde ia morrendo numa agonia de vermelho e laranja no horizonte. O quintal possuía algumas árvores, grama por cortar e uma lacuna no ponto em que alguém fizera churrascos demais, queimando o chão.

Seu Z/28 estava ali, a cara brava voltada para ele. Um brilho dourado resplandecia no metal cromado da entrada de ar que alimentava o carburador duplo. Teve vontade de entrar nele, abandonar tudo — o trabalho, os vizinhos racistas e o rinoceronte fantasma — e dirigir até a fronteira com o México e de lá por toda a América Central, saltando o Canal do Panamá como os Dukes de Hazzard, e descendo a América do Sul ao longo da barreira dos Andes, até algum lugar na Argentina, Paraguai ou Uruguai em que pudesse cruzar a fronteira com o Brasil, voltar para casa e lá esquecer da sua aventura na terra dos ianques, *home of the brave, land of the free*. Tornou a respirar fundo, tirou outro gole da Bud e pesou as alternativas — recorrer a Jen quanto aos vizinhos; recorrer a um psiquiatra quanto a Rino; recorrer à garrafa de cerveja e às suas irmãs ainda na geladeira, quanto a tudo.

Viu quando alguém entrou no quintal e se colocou diante do Camaro. "O que mais me falta?" pensou. "Sair no soco com um invasor de domicílio?" O primeiro pensamento foi gritar para que o garoto desse o fora. O segundo foi entrar e chamar a polícia. Mas permaneceu onde estava, apoiado no batente e segurando a garrafa de cerveja. Os dois lhe davam alguma firmeza.

Não era um garoto, mas uma *garota*. Uma das três meninas que vira lá fora. Quando ela se virou, dando as costas para o carro e olhando para Eduardo parado junto à porta dos fundos, reconheceu a garota que Rino havia apontado. Ela caminhou até ele.

Tinha cabelos escuros e curtos, chegando ao queixo de linhas finas, e revelando o comprimento total do pescoço longo e elegante. Os olhos azuis o encaravam divertidos, brilhando no rosto muito branco e de olheiras arroxeadas na pele pálida. Não podia ter mais que dezesseis, embora parecesse mais madura. Vestia apenas uma camiseta branca de alças — mamilos muito largos e bicos pontudos empurravam o tecido — e um *shorts* de *jeans* cortado e de bordas desfiadas, deixando ver pernas longas com apenas um leve reflexo vermelho a título de bronzeado. Era bonita, certamente, mas havia algo a respeito dela... Passava a sensação de que lhe faltava alguma coisa, que estava ausente um brilho que deveria arder por trás de seus olhos. Eram frios e sem a vida juvenil que emanava de seu corpo.

A garota apontada por Rino...

Ela puxou um maço de cigarros do bolso de trás do *jeans* e tirou um cigarro. Eduardo notou que ela tinha o hábito de roer as unhas.

— Tem fogo?

Entrou na cozinha para pegar fósforos. Ela o acompanhou.

— Carro legal — disse, apontando para fora.

— Não por muito tempo, se depender dos seus amigos.

— O quê?

— Eu tinha acabado de comprá-lo, e alguém riscou o capô. E hoje um dos seus amigos lá fora me fez um gesto... *unpolite*.

A garota separou os lábios grossos num sorriso, e riu.

— São só um bando de babacas — disse, usando a palavra *assholes*. — Eles latem mas não mordem. — Continuou sorrindo, enquanto ele acendia o seu cigarro. — Meu nome é Sasha. A sua vizinha da casa à direita.

— Eduardo — ele retribuiu, apertando a sua mão.

— Você é porto-riquenho? — Sasha perguntou, na certa notando o seu sotaque — *e* a sua cor.

— Não. Brasileiro.

— Uau! Você está bem longe de casa.

— Um hemisfério inteiro, três fusos horários e umas cinco zonas climáticas.

Sasha se sentou junto à mesa da cozinha e cruzou as pernas. Então levantou a camiseta para coçar embaixo da mama esquerda, desvelando a sua curva inferior. Ainda sorria.

— Qual é o seu lance, Eddie?

— Meu *lance*?

Sasha deu de ombros.

— Quer dizer... Esta vizinhança é cara, e você com um carro que não é bem um Jeep Cherokee ou uma BMW ou, não sei, um Chrysler Neon. Mas uma máquina de rua.

Sua mente aturdida levou algum tempo para registrar o que ela dizia. Vizinhança cara e Cherokees e... O Camaro envenenado não batia com a classe das casas do subúrbio, claro.

— Nenhum dos seus amigos lá fora tem um carro como o meu? — perguntou, sem saber mais o que dizer.

Sasha fez um gesto de menosprezo, em resposta.

— Nãão. *Esses* caras não. Um deles dirige um Mazda. Mas eu tenho outros amigos que vêm aqui de vez em quando, correr. — Ela tragou do cigarro, cerrou os olhos azuis. — Você já ganhou muita grana nas corridas? O seu Camaro parece feroz...

— Ainda não tive a chance de correr — Eduardo disse, perguntando-se imediatamente qual a razão de suas palavras, quando deveria ter dito que não pretendia correr em absoluto. — O que é que os seus *outros* amigos dirigem?

— Um Chevelle com *nitrous* — ela disse. Referia-se a um sistema de óxido nitroso. — Quer que eu arranje uma corrida com eles para hoje à noite?

— Hoje não posso...

— Tem algo melhor para fazer? Podia partilhar comigo...

Sasha havia descruzado as pernas e apoiado uma delas em outra cadeira. As pernas entreabertas revelaram pêlos negros escapando da mínima cobertura proporcionada pelo *shorts*, e as coxas esguias pareciam conduzir o olhar para o seu centro.

Com algum esforço Eduardo terminou a sua Budweiser e colocou a garrafa vazia na pia. Apanhou outra na geladeira, antes de encarar Sasha outra vez.

— Você é menor de idade, não é?

Ela afastou o cabelo do rosto, o mesmo gesto nervoso ao ser tocada pelos chifres invisíveis de Rino, momentos antes.

— E daí? — Seu tom de voz mudou do sedoso para o áspero. — Não me diga que você não vende para menores.

— Vender *o quê*? — Eduardo perguntou.

Sasha levantou-se e foi para perto da geladeira, praticamente encostando-se em Eduardo. Tinha mais de um e setenta. Era esguia mas cheia de curvas suaves. Seus dedos longos se fecharam em torno da garrafa de cerveja que Eduardo segurava.

— Você pode confiar em mim — ela disse. Seu punho subiu e desceu, no gargalo. — Eu só vim saber se você tem alguma coisa além de cerveja para oferecer.

— O que você compra... — Eduardo perguntou, depois de refletir rapidamente sobre o terreno que estava pisando — dos meus concorrentes?

Ela recuou um pouco.

— O usual — disse.

— Há muitas coisas usuais hoje em dia...

— *Coke* — ela confessou, e ele sabia que não se tratava de Coca-Cola.

Eduardo puxou a garrafa das mãos dela e a colocou sobre a pia. Caminhou até a porta dos fundos. Indicava que era hora de Sasha voltar para casa.

— Eu não tenho neste momento — disse.

— Eu aceito alguma erva ou *extasy*, então. — Diante da reação fria dele, ela continuou, sorrindo: — Posso ser realmente boa para você, Eddie. Gosto de você.

Ele sorriu, sem poder evitar. Não havia nada nos olhos da garota, nem o espírito de brincadeira, nem qualquer interesse sexual verdadeiro.

— Eu só estou brincando... Sasha. Você entendeu tudo errado. Não vendo essas coisas. A casa não é minha, mas da firma para a qual trabalho. E o carro eu comprei barato, de um cara que precisava quitar suas dívidas com a lei. Agora, por favor... — Indicou a porta.

Ela não saiu do lugar. Fumou um pouco em silêncio, encarando-o com uma expressão intrigada.

— Você quer pagamento adiantado? — perguntou. — Onde fica o quarto? Posso dar uma amostra grátis. Ou você só aceita em dinheiro?

Ele atirou as mãos para o ar.

— É só um grande engano!

Sasha caminhou até ele e espremeu o corpo longilíneo contra o seu. Beijou seu pescoço, exalando a fumaça do cigarro ao mesmo tempo e então chupando-a de volta e fazendo a pele arrepiar-se num longo crepitar subindo pela nuca.

— Leve-me para uma volta no seu carrão, Eddie, e eu vou ser boazinha com você do mesmo jeito — ela sussurrou. — Vou fazer você se lembrar da sua primeira vez. E vai ser como se fosse a *minha* primeira vez, eu sei.

— Santa mãe de Deus — Eduardo gemeu, em português. — O que eu faço agora?...

Para a sua surpresa, Sasha devia conhecer o bastante de espanhol — muito falado na Califórnia — para entender suas palavras.

— O que você faz agora é relaxar, Eddie *darling* — ela disse. — Deixe o resto comigo.

— Não! — Eduardo exclamou. Fez um esforço para controlar a voz. — É melhor você sair agora, Sasha. Foi bom conhecê-la, espero ver você por aí.

— Você realmente não sabe o que está perdendo.

Ele evitou encará-la, apenas indicando a porta. Sasha disse:

— Eu entrei pelos fundos mas vou sair pela frente.

Eduardo não entendeu a razão — talvez fosse apenas um gesto de beligerância. Havia tanta firmeza em sua voz, porém, que ele a acatou. Tudo para se ver livre dela. Ao passarem pela sala, Sasha inspecionou tudo com seus intensos olhos azuis. Talvez voltasse mais tarde com seus amigos fornecedores, os caras do Chevelle, para roubar o pouco que havia ali. A estátua da mãe rinoceronte e seu filhote, os livros... Besteira. Afastou o pensamento e abriu a porta para ela.

Notou logo de cara que os amigos da garota estavam ainda no mesmo lugar, olhando curiosamente a sua colega sair da casa do negro que há pouco se mudara para o seu bairro — o negro que ela pensava ser um traficante de drogas. Eles também pensariam o mesmo? Provavelmente não. Quem escreveria GET OUT NIGER no capô do carro de um traficante? "São só um bando de babacas..." Sasha sorriu para os amigos e caminhou até eles, rebolando.

— *It's just a dumb nigger* — declarou, alto o bastante para que Eduardo pudesse ouvi-la.

"*Sure...*", ele pensou, "com certeza".

Os rapazes lançaram a Eduardo olhares enfurecidos, e o bando todo sumiu de suas vistas. Ele ficou ali, em pé na entrada da casa estilo *craftsman* em que ele agora vivia. Pensava. "Só mais um crioulo estúpido..."

Um cheiro atraiu sua atenção. Cheiro penetrante, que ele seguiu imaginando um novo vandalismo, agora de natureza escatológica.

Escatológico sim, mas o cheiro pungente da urina de um animal selvagem.

Encontrou a poça, larga e enlameada e subindo pela parede, no canto esquerdo da casa, perto do caminho para a improvisada garagem. A jaula de um rinoceronte num zoológico teria esse cheiro?

Voltou para dentro e correu de volta à cozinha, para a garrafa começada de cerveja. Por que em um momento Rino fazia a sua saída entrando no oco escuro de uma mina abandonada, sem deixar o menor cheiro, a menor marca em seu interior? E por que em outro momento ele desaparecia no ar ensolarado feito uma miragem de deserto, deixando uma poça de mijo malcheiroso para trás?

Vinha dizer-lhe que era mais do que uma alucinação. E marcava o seu território.

Eduardo tremia.

Como que puxado por cordões invisíveis, caminhou até a porta da cozinha.

Lá estava o rinoceronte, em pé junto ao Camaro. Bateu no chão gramado com uma das patas da frente, com o chifre maior cutucou de leve o pára-lama dianteiro do automóvel, como se o visse como um companheiro que queria despertar. Então olhou para Eduardo e suas narinas se dilataram no longo focinho.

— Espera eu pegar a chave do carro! — ele disse à aparição, em português.

Havia muito movimento na sexta à noite, e parecia estúpido acompanhar o passo lerdo do rinoceronte, em meio a tantos carros e andando tão devagar em uma *street machine* de 650 hps. Mas por sorte Rino logo o fez abandonar as vias mais freqüentadas. Seguiram por uma região ao sul da cidade, lugar bem diferente do centro pitoresco ou da rica vizinhança de Upper Valley.

Marcada pelo ziguezaguear de um afluente do Klamath, dava acesso a um aglomerado de casebres e *trailers* decrépitos estacionados em áreas abertas — favelas em estilo americano. Podia ver que a maioria da população ali era negra. E que esta parte de South River não tinha que lidar com o salto que não os levou tão alto quanto o esperado; não, por aqui as pessoas nunca tiraram os pés do chão.

Os faróis do Z/28 iluminavam o traseiro enorme do rinoceronte, batendo ritmicamente contra a saia coriácea, o rabo curto em pé. Para onde estavam indo? Examinar a qualidade da água do rio, talvez... Ou haveria um outro ecossistema em perigo por ali, um pântano ou uma pradaria prestes a ser transformada em mais um loteamento megalomaníaco? Logo precisaria parar para encher o tanque, ou teria que empurrar o Camaro se quisesse continuar a seguir Rino. Se *quisesse*... Flertou com a idéia de dar meia-volta, mas era mesmo como se sua vontade nada tivesse a ver com o que se passava. Estava ali porque Rino precisava dele. Sentia, novamente, a curiosa sensação de intimidade e sossego na presença do animal. Era mais que bem-vinda, depois do desconcertante encontro com Sasha. Imaginava se a moça e seus amigos consumiam as mesmas substâncias... Como teria sido a conversa deles, a respeito do novo vizinho? "Um preto pra se mudar para cá tem que ter muita grana." "Grana assim e com um carro desses, tem que ser um traficante." "Sasha, que tal ir falar com ele e conseguir um pouco de bagulho pra gente?"

O rinoceronte-negro deteve-se diante de um posto de gasolina.

— Oh, muito obrigado — Eduardo murmurou, interrompendo seus pensamentos. Logo encostava o carro um pouco distante das bombas. — Mas como sabe que o combustível está no fim?

Abriu a porta e saltou. Vislumbrou movimento no interior do posto. Enquanto o atendente não vinha, caminhou pela área de cimento rachado e examinou as bombas de aparência antiga. Como havia antecipado, nenhuma delas oferecia o tipo de gasolina de octanagem superior que o V8 de alta compressão exigia. Rino não desaparecera, mas permanecia ao seu lado, mal iluminado pelas luzes fracas do posto de gasolina e atormentado pelos insetos atraídos pelas lâmpadas. Para os mosquitos e mariposas não havia dúvidas quanto a sua materialidade. Era apenas o animal racional que duvidava... Rino respirava pesadamente e parecia observá-lo de rabo de olho, como se esperasse que Eduardo fizesse alguma coisa em particular. Mas o quê?

— Posso ajudá-lo? — ouviu.

Virando-se, deparou-se com um homem negro de um metro e noventa e ombros estreitos. Era magro e vestia um macacão com uma jaqueta *jeans* por cima. Tinha a cabeça raspada e uma barbicha ainda escura rodeando seus lábios grossos; uma penugem branca brotava do domo lustroso de seu couro cabeludo. Estava na casa dos cinqüenta, Eduardo calculou.

— Só tem gasolina de noventa e três octanas, senhor? — perguntou.

O homem observou o Camaro.

— Lamento, filho. O que você tem aí, um quatro-dois sete de alta compressão?

— Há algum posto mais adiante?

— Não. Este é o último posto nesta área de South River. As ruas que os garotos usam para correr ficam todas ao norte daqui. — Ele fez uma pausa e encarou Eduardo nos olhos. — Acho que você está perdido.

— Tenho certeza de que estou — reconheceu. — Bem, é melhor eu começar a fazer o caminho de volta. Obrigado, senhor.

Rino estava ao lado do Camaro, quando Eduardo se aproximou para reassumir seu lugar ao volante. O corpanzil bloqueava o seu caminho. Ficou parado, em pé diante do olhar curioso do atendente, que certamente notava a sua hesitação. Pensou em dizer em voz alta "Xô!", mas logo desistiu da idéia. Não enquanto o homem estivesse ali, observando-o tão atentamente. Em torno deles soavam apenas os latidos de cães distantes, o piar de um pássaro invisível.

Ouviu o homem dizer:

— Você se parece com Colin Powell quando jovem. E tem um sotaque. É das Índias Ocidentais, como a família dele?

— Não, senhor. Cheguei do Brasil há pouco tempo, para trabalhar aqui em South River.

— Do Brasil, hã? — disse o negro. — É claro. Gente da América Latina e da Ásia tem aparecido por aqui, depois que a empresa de computadores instalou-se na cidade. Pensei que você viesse de uma das cidades vizinhas, para correr.

"Li que o Brasil tem mais negros do que a América. Mais negros do que o Brasil, apenas na Nigéria. Isso é verdade?"

— Acho que sim, senhor.

O homem lhe estendeu a mão direita.

— Meu nome é Seymour Bly — disse.

— Sou Eduardo Câmara — Eduardo se apresentou, falando devagar.

— Eduardo Câmara — Bly repetiu, com perfeição e com todos os "erres" caipiras. — Prazer em conhecê-lo, Eduardo. Se você não tem pressa em retomar o seu caminho, eu gostaria de lhe oferecer uma cerveja ou uma Pepsi.

Eduardo não respondeu de imediato. Olhou furtivamente para Rino. O rinoceronte, ainda ao lado do carro, não parecia nem um pouco ansioso em partir. Seria o posto de gasolina o seu destino, então? Voltou-se para Mr. Bly.

— Uma Pepsi — pediu, lembrando-se da cerveja que havia começado, antes de sair de casa.

O interior do posto de gasolina era uma decadente loja de conveniência, com poucas mercadorias nas prateleiras — na maior parte maços de cigarro e apetrechos de pescaria. Seymour Bly levou Eduardo até uma porta por trás do balcão. Tocado um interruptor, surgiu diante deles um bem arrumado quarto com cama a um lado, geladeira e fogão do outro, estantes encostadas contra quase todas as paredes, suas prateleiras curvadas sob o peso dos livros, que também se empilhavam aqui e ali, no piso áspero de concreto. Separando os dois espaços havia uma escrivaninha, com uma cadeira que Bly puxou e indicou a Eduardo, antes de ir até a geladeira e apanhar uma cerveja importada e a Pepsi Cola.

Eduardo pigarreou e disse:

— Obrigado, Mr. Bly.

Seu interlocutor sentou-se na cama, e tirou um gole da cerveja. Sem bem saber por que, Eduardo sentiu-se compelido a iniciar a conversa.

— A verdade é que eu comprei este carro americano de sonho e o uso apenas para rodar pela região, sem participar das corridas de rua... Tenho muita curiosidade por South River e pela paisagem que cerca a cidade. É diferente de tudo o que temos no Brasil. Também me sinto confuso, a maior parte do tempo, com coisas que estão acontecendo...

Bly sorriu sem mostrar os dentes brancos.

— Sua confusão tem algo a ver com o fato de ser um homem negro nesta cidade?

— Sim, em boa parte — Eduardo respondeu.

Da jaqueta *jeans*, Bly tirou um maço de Marlboros e um isqueiro Zippo.

— É verdade o que dizem sobre o Brasil, que não há racismo lá? Ou é apenas uma forma diferente de racismo?

Eduardo disse:

— Resposta bê.

Bly assentiu lentamente com a cabeça, como se tivesse antecipado a resposta. Eduardo respirou fundo antes que ele dissesse alguma coisa, e prosseguiu:

— Mas confesso que a agressividade das pessoas de South River me chocou um pouco.

— Agressividade... — Bly repetiu. — Você deveria ter nascido aqui há cinqüenta ou sessenta anos, para conhecer a "agressividade" da sociedade americana.

— Não, obrigado — Eduardo disse, após tirar um gole da Pepsi. — Estou pensando seriamente em voltar ao racismo manso do Brasil.

O outro desta vez exibiu os dentes. O toque de uma campainha e uma lâmpada vermelha acendendo sobre o fogão deteve suas palavras, porém.

— Perdoe-me por um segundo — disse, e levantou-se, recolocando os cigarros e o isqueiro no bolso.

Eduardo levantou-se atrás dele e acompanhou-o até os fundos da *convenience store*. Três garotos negros cumprimentaram Mr. Bly com sorrisos e apertos de mão. Pelas amplas janelas da loja, Eduardo enxergou uma *pick-up* e, ainda estacionado ao canto do posto, o seu Chevrolet — e ainda ao seu lado, feito uma estátua em tamanho natural, o rinoceronte-negro. Como se pressentisse o seu olhar, a aparição levantou a cabeça em um gesto eqüino, e piscou o olho míope que tinha voltado para a loja. Provavelmente ele o farejava, e piscava apenas como um...

Eduardo recuou rapidamente para os aposentos de Bly. Tremia tanto que por um minuto inteiro apoiou-se contra uma das estantes. Os tremores competiam com as batidas exageradas de seu coração, na tarefa de sacudi-lo. Sentia-se incapaz de controlar os momentos em que o choque do sobrenatural o atingia, diante da imagem de Rino. Quando o seguia, estando em movimento, tinha uma sensação de bem-estar e o lado racional de sua mente parecia recolhido, hibernante; quando o animal se detinha assim, diante de um de seus misteriosos objetivos, o impacto de sua presença o pegava sempre despreparado.

Mais firme, concentrou-se nos livros que tinha diante de si. *The Oxford Companion to the English Language*... Eduardo tinha esse também, lá em Americana. *A People's History of the United States*, de Howard Zinn. E literatura negra — *The Invisible Man*, de Ralph Ellison, *Native Son*, de Richard Wright, *The Color Purple*, de Alice Walker, e um monte de títulos mais contemporâneos de Toni Morrison e outros, no meio de clássicos da literatura norte-americana. Puxou alguns livros pela costura da lombada, e examinou-os. Obras de intelectuais negros — *Reflections of an Affirmative Action Baby*, de Stephen Carter, *The Truly Disadvantaged* e *When Work Disappears*, de William Julius Wilson, *Race Matters*, de Cornel West... Mas também livros de e sobre fotografia.

Olhou em torno. Viu várias fotos de paisagens, emolduradas e em branco e preto. E ali, a um canto, estava encostado contra as lombadas dos livros de uma outra estante, o diploma enquadrado que informava onde e quando

Seymour Silas Bly obteve o seu *Master of Arts* em História. Na UCLA, há mais de vinte anos.

— Você pode me chamar de "Professor Bly", se quiser — ouviu. — Mas seria estúpido. Há dezoito anos que não dou aulas.

Voltou-se. Bly encaminhava-se para o seu lugar na cama, sem olhar para ele. Sentou-se e acendeu o cigarro, como se não tivesse sido interrompido.

— Quer ouvir a história de um negro americano, Eduardo? Pode lhe dizer algo sobre o lugar em que você veio trabalhar.

Eduardo foi até ele, apanhou a lata de Pepsi que havia deixado sobre a cadeira, e sentou-se.

— Por favor.

Estava realmente curioso.

— É uma longa história. Começa em dezoito e vinte e oito, quando meu trisavô Joe Bly, um negro liberto, chegou ao que era então território mexicano. Sete anos antes o México havia se tornado independente da Espanha, e prometia terras e ferramentas aos ex-escravos da América.

Eduardo teve de se lembrar que 18-28 significava "mil oitocentos e vinte e oito". Uma data tão distante...

— Vovô Joe conseguiu trabalho, formou família, criou raízes no México até dezoito trinta e seis, quando os revolucionários americanos tomaram o território em que ele havia se instalado, e o transformaram no Texas escravagista. Foi como se passassem uma longa rede de arrasto, e jogassem os negros de volta à escravidão.

Seymour Bly levantou-se. Caminhou até a escrivaninha e apanhou o cinzeiro que havia nela, retornando então para a cama. Sorriu brevemente.

— Em minha família, a expressão "lembrem-se do Álamo" tem uma conotação muito especial.

"Joe Bly reuniu a família e meteu os pés na Trilha do Oregon, para procurar ouro no Oeste. Isso foi em dezoito quarenta e quatro. Vovô Bly, sua mulher Mindy e seus cinco filhos, em uma viagem de duas mil milhas e oito meses."

— Eles foram sozinhos? — Eduardo perguntou, recordando o que Jennifer lhe dissera sobre a colonização de South River por gente vinda do Sul. Uma viagem como a do antepassado de Bly?

— Não, não foram — o professor de História disse. — Três famílias brancas e um guia índio foram com eles. Ou ao menos é o que a história oral de minha família diz...

"Quando chegaram ao Oregon, uma lei acabara de ser instituída, proibindo os negros de reivindicarem terras. Joe Bly e a família perambularam pela região por algum tempo, até que ele soube que mais acima, em uma área ao norte do Rio Colúmbia, onde hoje fica a cidade de Olympia, no Estado de Washington, a lei não era imposta. Ali na época existia o núcleo de uma comunidade de negros, chefiada por um homem chamado George Bush — como o nosso presidente... Joe Bly e a família se fixaram ali, mas em dezoito cinqüenta, um de seus filhos mais velhos, James Bly, desentendeu-se com seus vizinhos e foi forçado a descer até a Califórnia. Naquela época, o Oeste já vivia a Corrida do Ouro.

"James Bly circulou pela Califórnia por alguns anos, trabalhando como mineiro e lenhador. Nessa altura outros negros estavam chegando do leste, mas meu bisavô casou-se com Ophelia Silent Owl, uma jovem nativa-americana aculturada. Ophelia tinha a distinção de ser uma mulher letrada. Aprendera a ler e escrever em uma missão espanhola. Ela e alguns de seus irmãos acompanhavam James em suas prospecções no norte do Estado.

"Meu bisavô estava indo muito bem trabalhando à beira do Rio Klamath, quando chegaram os migrantes sulistas na caravana de William Kellner..."

— Kellner? — Eduardo interrompeu. E diante da expressão enigmática de Bly: — O Presidente da Faro Softwares chama-se Gordon Kellner.

— O bisneto de William — Bly disse. — A princípio William Kellner empregou David, o filho mais velho de James Bly, como guia na região do Klamath. Mais tarde, tirou dele as melhores glebas. Àquela época, claro, negros podiam reivindicar terras. Depois da Guerra Civil.

Eduardo concentrou-se em beber sua Pepsi. O bisavô do seu patrão havia tirado as terras da família do seu interlocutor... Imediatamente desconfiou da hospitalidade de Seymour Bly.

— Quando parti para Los Angeles — ele ainda narrava —, para estudar História e Cultura Afro-Americana, meu pai ainda estava tentando reaver nas cortes parte das terras que a família havia perdido para os estratagemas do velho William.

Eduardo colocou cuidadosamente a lata vazia sob a cadeira em que se sentava. Disse:

— Professor... Mr. Bly. Eu lamento ter aterrissado nesse feudo entre você e Gordon Kellner, mas realmente estou aqui apenas para trabalhar pelos três anos que o meu contrato determina.

— É claro — Bly disse, sorrindo. — Estou apenas contando-lhe parte da história local.

— O que aconteceu a você, depois de se graduar, se não se importa em contar-me?

— Vou contar-lhe. — Bly apagou o cigarro e bebeu um pouco de cerveja, antes de prosseguir: — Eu logo fiquei envolvido na pós-graduação em

História, e com o MA trabalhei alguns anos em um colégio menor em Los Angeles. Sonhava em me tornar um importante intelectual negro como Cornel West ou Shelby Steele, mas a verdade é que eu não estava indo a lugar algum exceto à clínica de reabilitação. — Diante do olhar inquiridor de Eduardo, revelou: — Cocaína. Minha carreira estava acabada, antes mesmo de começar. E agora é tarde demais. Então retornei a South River. Trabalho aqui, enquanto acompanho o processo para reaver as terras da família.

— Ainda está correndo?

— Kellner é quem tem o dinheiro para os advogados. Tudo o que eu tenho é a insistência.

Bly acendeu outro cigarro com o seu Zippo.

— Esta é a minha história — disse. — Minha família esteve neste país desde que a escravatura foi instalada, o que quer dizer que está aqui há mais tempo do que a maioria dos imigrantes que vieram para cá.

Eduardo achou que isso poderia ser uma indireta dirigida a ele, o recém-chegado à gloriosa América, e por isso disse:

— Por enquanto sou apenas um trabalhador temporário, e não imigrante.

— Está tudo certo. — Bly foi bem direto. — Não estou tentando estabelecer hierarquia alguma entre nós. Só mencionei isto porque quero que entenda que minha família não veio para cá atrás de oportunidades. Foi *trazida* para cá, para permitir que *outros* tivessem as oportunidades.

"Desde então vivemos sempre em movimento, sempre em busca de uma nova chance para o sonho americano. Stanley Crouch definiu o sonho americano como 'a idéia de que uma identidade pode ser improvisada e que pode funcionar socialmente se não se intrometer na liberdade dos outros'. E eu estou preso aqui, neste lugar em que nenhuma identidade pode ser improvisada, para alguém como eu."

Uma fala enfim claramente amarga, Eduardo compreendeu. Amargura que podia enxergar no rosto negro do outro. Abriu a boca para dizer-lhe algo, mas Bly falou primeiro:

— Vocês têm um... um *sonho brasileiro*?

A pergunta o pegou desprevenido. Nunca tinha pensado nisso, nem ouvido a expressão antes. Mas surpreendeu-se concordando com a idéia.

— Sim — disse. — O sonho de que qualquer pessoa, vinda de qualquer parte do mundo, pode encontrar no Brasil um lugar de paz, sem violência étnica ou racial, sem guerras, onde se pode trabalhar e viver sem tantas pressões por competição, cordialmente com os seus vizinhos e em contato com uma natureza rica e bela.

Bly assumiu um ar pensativo, ao ouvir suas palavras — que Eduardo mal sabia de onde tinham vindo. Será que já pensava nisso há tempos, sem se dar conta? Afinal, crescera em Americana, que tinha por vizinha uma cidade chamada Nova Odessa, e outra chamada Nova Veneza... Uma região de imigrantes, colônias do tempo do Império, que abrigaram gente do mundo inteiro — lugares como Portugal, Itália, Espanha, Rússia, e até os sulistas dos Estados Unidos, lembrou-se. Gente fugindo da guerra ou da pobreza; da chamada "Reconstrução" (no caso dos americanos que foram parar em Americana e Santa Bárbara), em que o Norte vencedor tirou o tutano dos ossos do Sul derrotado.

— É um bom sonho... — Bly murmurou. — Como estão indo, em torná-lo realidade?

— Tão bem quanto vocês, com o sonho americano.

O outro sorriu levemente.

— Mal assim, huh?

O relógio de pulso de Eduardo lhe dizia que já passavam das nove horas.

— Conte-me alguma coisa sobre você antes de sair — Bly pediu.

Eduardo hesitou, mas achou que precisava de alguém com quem desabafar, e então lhe contou tudo sobre estar se interessando por uma moça triste que trabalhava na polícia de South River, sobre ter sido assediado por uma adolescente que o via como um traficante de drogas, e dos incidentes na vizinhança e com os patrulheiros, que davam testemunho do racismo ostensivo que o havia chocado. Só não contou ao seu interlocutor do rinoceronte fantasma que o rondava e que agora mesmo talvez ainda estivesse estacionado diante do posto de gasolina de Bly — que ouviu tudo em silêncio. Quando Eduardo terminou, ele disse que aquilo tudo soava com um catálogo do que poderia levar um negro à morte, em South River. A idéia assustou Eduardo.

— Quer dizer um linchamento?

Bly livrou-se da idéia com um aceno da mão que não segurava a garrafa de cerveja.

— Não. Mesmo no Sul os racistas são mais discretos, hoje em dia... Não quis assustá-lo.

"Há outros meios de se matar um homem, além do linchamento, porém. Há algum tempo que não temos violência racial por aqui, mas pessoas morrem todos os dias, algumas de maneira suspeita. Eu tomaria cuidado, especialmente com as mulheres brancas, se fosse você. Eu não saberia dizer qual das duas seria a mais perigosa..."

— Vou tentar... — Eduardo murmurou.

— Por que eu não acredito? — E diante do olhar intrigado de Eduardo: — A sua expressão, quando falou da policial branca...

— Gostaria de poder passar aqui de vez em quando, para conversar com você.

— Não quero me sentir como um personagem de Carson McCullers — Bly disse. — Mas sim, gostaria de conversar outra vez.

— Eu vi *The Heart Is a Lonely Hunter*, na televisão brasileira...

Mas Bly levantava-se.

— Vou dar-lhe meu número de telefone.

Rino o esperava diante do Camaro, mas apenas para agitar a cabeça brevemente, os longos chifres riscando o ar, e então desaparecer.

Eduardo colocou o suficiente de combustível comum para chegar até um dos postos mais bem equipados, no centro da cidade. Cruzou com o tanque cheio a noite até a silenciosa Upper River — e então caminhou pelo quintal da casa, passando pela porta da cozinha até a Budweiser esquecida. Terminou-a, apanhou mais quatro da geladeira e foi para a sala. Foi distraído pelo rugido de um avião a jato, ao longe. Foi até a janela, mas não pôde vê-lo. Lembrou-se de sua temporada na Força Aérea Brasileira e das turbinas dos caças. O ruído dos jatos era constante em South River, contudo ele sabia que o único aeroporto da cidade, localizado bem ao sul dali, somente aceitava aviões turboélice de transporte regional. Mais um mistério.

Enquanto bebia, examinava os livros recém-chegados, em busca de um vislumbre do caráter do fantasma animal que o perseguia. Rino diria a ele por que uma adolescente de corpo precoce, olhar morto e hábitos perigosos entrava em sua casa oferecendo sexo em troca de drogas que ele não possuía? Ou contaria a ele o segredo da mina abandonada, da floresta posta abaixo ou da revoada silente de corujas? Da caravana de jovens cavalgando cavalos-vapor, saindo da mata para o asfalto imaculado de uma cidade decepcionada com a promessa de desenvolvimento? Do rancor no coração de um intelectual negro roubado de sua herança e ainda em busca do sonho americano?

Lendo — e bebendo — soube da evolução dos rinocerontes, do holocausto que era a caça ilegal. Conheceu as outras espécies que partilhavam o seu *habitat*, e o que o ser humano fazia para salvar as quatro espécies sobreviventes de rinocerontes. Soube de rinocerontes peludos andando à sombra de mamutes em um clima glacial, ambos extintos há milhares de anos. Leu sobre as características do animal, e confirmou que Rino era imensamente míope, mas dotado de um olfato de dimensões sobrenaturais. E que ele urinava galões para marcar seu território... Um aviso que dizia a outros da mesma espécie que o lugar já tinha dono. Talvez mantivesse os garotos longe agora, heim? Ou talvez existissem mais rinocerontes-fantasmas lá fora, procurando um outro expatriado a quem atormentar.

Rino, porém, não lhe disse nada.

Então Eduardo chorou por Rino e por todos os seus irmãos de carne e osso que ainda restavam em dois continentes. Então chorou pela vizinha Sasha e o seu minúsculo *shorts* que espremia as coxas avermelhadas, e pensou em Jennifer de rosto triste, que ele veria no dia seguinte. Chorou pela história de vida de Seymour Bly e por suas perdas. Chorou de saudades de casa e porque não se lembrava mais de como era o lar. Devia estar bêbado... Tentando lembrar-se, num esforço suarento e choroso ainda, mas só conseguiu pensar no corpo redondo e uniformizado de Jen se debruçando diante dele... E no rinoceronte-negro correndo ao seu lado na estrada à noite, guiando-o para caminhos e trilhas que levavam a lugar algum.

Caiu no sono ali mesmo, no sofá da sala ampla, decorada apenas com estátua de bronze e o pequeno abajur ao seu lado, partilhada pelos livros jogados no tapete envelhecido, pelas garrafas vazias roladas para longe.

Seu olhar onírico o transportou para fora da casa, elevando sua consciência no ar noturno para que ele visse a casa fornecida pela Faro Softwares e também a casa vizinha de Sasha e as outras se alternando em Oakridge Street. E então as linhas regulares das ruas, quadras e caminhos do subúrbio antigo de Upper Valley, onde na certa moravam os descendentes da aristocracia sulista que se instalara ali pouco depois da Guerra da Secessão, para perseguir o sonho do ouro e de uma sociedade que não tivesse de se curvar à condenação do racismo — cada um com a sua utopia... E mais além toda a South River se desdobrava diante do seu olhar de sonho e ele enxergou todas as pistas fantasmas de pavimentos perfeitos levando da esperança à decepção. E um caminho estreito para a estrada fechada, duas pistas descendo para a floresta proibida encravada nas montanhas e a mina reduzida a um buraco escuro e vazio. E tão alto ele voava em espírito ou imaginação, que pôde ver ainda a cicatriz aberta na mata, árvores e mais árvores reduzidas a marcas de acne na superfície revirada da terra. Cercada de árvores ainda em pé, a derrubada só seria vista de cima ou por alguém que ali chegasse por acaso ou guiado pelo fantasma de um rinoceronte, tão alienígena ali quanto ele. E subindo mais o olhar se contraía e se expandia e incorporava o tempo ao espaço, vendo a extensão de mata pulsar, como se o hálito de Deus semeasse a vegetação na superfície do vidro da janela num dia de inverno, para encolher logo em seguida pela pressão dos homens. A floresta pulsava e Eduardo viu ainda as longas lágrimas das geleiras escorrendo das montanhas e se enxugando com os milênios, e mais acima conforme seus olhos corriam o continente, o gelo se projetava daqui e de lá como duas mãos que se apertavam, e a terra era uma só. Por isso Eduardo em sonho cruzou meridianos e mergulhou mais longe no ontem e viu vastas estepes e pradarias e nelas rinocerontes lanudos pastavam à sombra dos mamutes, e mais abaixo exércitos incalculáveis de saigas correndo a cem quilômetros por hora e num fôlego só, cobrindo a pradaria com uma outra feita de carne e ossos e pêlos se movendo como grama ao vento, mas ao sabor de alguma vontade coletiva imponderável. Eduardo viu ainda em seu caminho ilhas e arquipélagos e cordilheiras tão altas que pareciam se erguer para detê-lo. E braços de mar invadindo a terra, e grandes rios como veias, e uma geografia à qual nunca pertencera mas que o recebia agora como o ventre da mãe. Mas ele então enxergou abaixo uma vasta faixa de terra estéril, e descendo os olhos um único ser que se movia

um rinoceronte

rasgando a terra amarela numa nuvem que subia de suas quatro patas fortes batendo o chão seco com o desejo único de vencê-lo, de submeter a força das eras geológicas, de superá-las, conquistar a passagem do tempo que moía montanhas, derretia geleiras e fazia as florestas pulsarem. A nuvem de poeira subia de suas patas e feria o azul do céu e do alto era vista como uma adaga curva que subia para vazar a atmosfera e projetar sua lâmina até a órbita do planeta, violar a brancura da Lua, e fazer-se imortal aos olhos frios do universo.

3

Eduardo apanhou Jennifer Adams em sua casa, que ficava num conjunto habitacional de três andares, não muito longe da central de polícia. Assim que viu o Camaro chegando, ela correu até o meio-fio, os cabelos soltos flutuando em torno de seu rosto. O coração de Eduardo afundou em seu peito para voltar à vida duas vezes maior — ela vestia *jeans* muito escuros e uma camiseta preta com um decote amplo, as mamas balançando para cima e para baixo a cada passo largo que dava. Também trazia uma jaqueta leve de noite, e uma bolsa grande e escura. O "uniforme das louras"... Mas lhe pareceu que nunca tal combinação de roupas vestira uma loura como esta.

— Oi — ela disse, sorrindo, ao entrar no Camaro. Teve de se espremer um pouco, para passar pela barra diagonal da gaiola de proteção contra capotagens, armada dentro do carro. — Acho que Folson nunca teve uma namorada enquanto dirigiu este Camaro, ou ele teria tirado esta coisa do caminho. Você chegou cedo...

— *Na hora* — ele devolveu o sorriso —, ou você não estaria esperando na frente do prédio, não é?

Jen voltou o rosto para adiante, enquanto Eduardo levava o carro para a rua, e não disse nada.

— Encontrar a estrada de acesso dos corredores deve ser uma coisa muito importante para você, profissionalmente — ele continuou. — Calaria a boca dos seus colegas, as brincadeiras a seu respeito...

— O que quer dizer?

— Que isso deixa você de algum modo ansiosa.

— Hum. Pode ser. Pode ser também que eu esteja ansiosa pela mesma razão que o fez chegar quinze minutos adiantado. Quanto a encontrar a estrada, eu planejava pensar nisso mais tarde, *depois* do jantar. — Ela fez uma pequena pausa, e prosseguiu: — Mas já que você levantou o assunto, estou curiosa para saber como descobriu a estrada. Aquela sua história de um passeio no bosque... Parece que demandou um esforço muito grande, para ser apenas um passeio.

— Desde que cheguei a South River estou em uma fase de... — demorou para lembrar-se da palavra, porque era um termo em francês — *reconnaissance*. Um modo de me familiarizar, conhecer o lugar, seus redutos, sua história. De vez em quando pego o carro e dou uma volta, sem nenhum plano ou destino estabelecido. As montanhas e a floresta atraem-me; não temos nada parecido no Brasil, essa floresta chuvosa que vocês têm aqui, e dei sorte de encontrar a velha estrada.

Jen parecia compreender. Era uma mentira elaborada, e ele ficou feliz que ela a aceitasse. A verdade seria inadmissível. Havia um fundo real na mentira, porém. Ele de fato havia adquirido mapas da cidade e região, e colecionado folhetos desde o aeroporto. Buscara informações desde que o pessoal da Faro em Campinas tentou recrutá-lo para o trabalho nos States, na verdade.

— Você já foi ao centro histórico? — Jen perguntou.

— Não. Onde fica?

Passaram por ele, a caminho do restaurante. Jen o apontou e explicou como chegar até o lugar a partir dos escritórios da Faro. O centro histórico abrigava também a biblioteca pública, e a primeira coisa que Eduardo pensou, ao saber, foi em pesquisar mais sobre os rinocerontes. "Devia era pesquisar loucura e insanidade", disse a si mesmo, "ou o endereço do psiquiatra mais próximo".

O restaurante era chique, de decoração sóbria, com amplas janelas dando para a rua. Bem freqüentado. Jennifer e Eduardo deviam ser o casal mais jovem no seu interior, e os únicos freqüentadores vestindo *jeans*. E ele nunca calçava outra coisa além de tênis. Alguns homens e mulheres dirigiram-lhes olhares de censura assim que entraram, e provavelmente uma censura dirigida a algo além das suas roupas. "Sou um negro, aqui", ele pensou, surpreso mais uma vez. Não deveria. Estava claro que a disposição de Jen em levá-lo ao melhor lugar da cidade a fizera se esquecer de que a fina flor de uma sociedade de tendências segregacionistas também se faria presente. Ela pareceu perceber alguma coisa de sua postura, e, compreendendo mal, garantiu que a conta não sairia cara aos dois.

— Eu pago pelo jantar — ele apressou-se a dizer.

— As garotas aqui pagam a sua parte — Jen retrucou. — Este investimento é tão meu quanto seu.

Preocupado com os olhares dirigidos a eles, Eduardo não atentou para o que ela dizia. "Eles odeiam Jen tanto quanto a mim, só porque ela está comigo", refletiu. Não queria isso. Não queria que ninguém odiasse Jen por sua causa. Podia ver nos olhos de velhos de cabeça branca e mulheres de cabeleira armada em penteados grisalhos... Pior ainda nos homens e mulheres mais jovens, mais maliciosos. "Uma mulher branca, uma *loura* que dorme com um negro, *essa* é a pior das vagabundas", era o que parecia ler em seus rostos. E Eduardo *queria* dormir com ela, numa ânsia que transcendia os interesses da carne. Jennifer era tão intensa, tão bela e inquietante, que ele aspirava algo mais. Mas os olhares o faziam sentir-se parte de um clichê da pornografia. Havia toda uma categoria na Internet... *Sites* com homens negros e mulheres brancas, louras na maioria. E ele compreendia muito bem o que haveria de atraente, para os homens mais baixos, nesse tipo de "modalidade" do pornô: era a degradação da mulher branca que os observadores queriam testemunhar.

Eduardo se odiou por saber que esse julgamento caía sobre Jen por causa dele.

— Você está *okay*? — ouviu-a perguntar, enquanto os dois se sentavam em uma das mesas perto das janelas.

— Como? — disse em português, antes de se corrigir: — O que disse?

— Você está nervoso, suando... — Havia um claro tom de preocupação na voz rouca de Jennifer.

Eduardo tentou sorrir e murmurou alguma coisa sobre ser o primeiro encontro. Quando o garçom chegou ele pediu água mineral, um tanto apressadamente. Já bebera demais, na noite do dia anterior... Decidiu agora que o melhor seria concentrar-se em Jen. Ela o faria esquecer de tudo o que havia à sua volta.

Jen pediu uma salada e uma ave grelhada, e ele perguntou-lhe há quanto tempo durava o seu regime. Ela se recusou a responder.

— Você não precisa de regime — ele afirmou, apesar.

— É claro que preciso.

Descobriu que Jennifer Adams tinha todos os CDs de Trisha Yearwood; que acompanhava a NASCAR e as corridas de *dragsters* da National Hot Rod

Association; que lia os romances de suspense de Tony Hillerman, *westerns* de Louis L'Amour e a literatura americana rural de autores como Thomas McGuane e Cormac McCarthy; que sabia pouco do Brasil, a ponto de não voluntariar nada com medo de estar recitando estereótipos a um brasileiro. Dirigia um Pontiac Firebird vermelho que havia comprado por 500 dólares em um leilão de carros apreendidos de criminosos condenados.

— Os melhores quinhentos dólares que já gastei — afirmou.

Eduardo pensou no que ela dizia. Carros-músculo e máquinas de rua eram para ela parte do *mainstream* da sociedade norte-americana, um dado do dia-a-dia e parte de uma tradição herdada de seu pai e transformada em atividade profissional. Para Sasha eram associados a traficantes de drogas. Perguntou-se com quem a moça de cabelos negros andava.

— Você me disse que gosta de carros americanos, *muscle cars* — ela lembrou. — Por quê?

— Uma paixão da adolescência, eu acho... Esses carros têm personalidade. São grandes, rudes e barulhentos. Parecem que sempre se movem com um propósito pouco civilizado. São mal-acabados e com cara de mau, mas alguns têm um desempenho tão bom quanto esportivos europeus feitos com a última tecnologia. Isso cabe melhor na minha visão da classe à qual pertenço, do que os carros preferidos pelos novos-ricos da "nova economia".

Jennifer sorriu.

— E eu que pensei que você fosse um cara quieto e sério...

— E eu sou! — ele disse, rindo. — Todo o meu caráter rebelde e extrovertido está no Camaro.

Eduardo também soube que Jennifer tinha mãe e irmã mais nova em Oakland, e que as visitava sempre que podia. Não eram visitas freqüentes, porque a irmã fazia faculdade e só estava disponível nos fins de semana, justamente quando Jen estava de serviço integral, vigiando os corredores de rua em South River.

— Toda essa prontidão deve ser dura com você, Jen. Vocês estão progredindo no esforço de controlar os corredores de rua? — perguntou.

— Não tanto quanto gostaríamos. — Ela centrou os seus olhos cristalinos sobre ele, que sentiu que os encarar era como enxergar sua alma, e que a alma de Jennifer Adams era uma piscina profunda cheia da água mais pura e transparente. — Às vezes eu me pergunto... Deve ser alguma coisa mais sofisticada do que esses garotos poderiam armar. Algum trabalho de coordenação e de comunicação que nos elude. Às vezes seguimos os caras locais até um ponto da cidade, para descobrir depois que a corrida real está acontecendo do outro lado. Os incidentes com drogas também estão aumentando. Mês passado tivemos um caso de *overdose*. — Ela fez uma pausa, brincou um pouco com o garfo e os restos da salada, e confessou: — O caminho que você descobriu pode ser uma grande ajuda, Ed. É talvez um pouco embaraçoso que alguém que tenha vindo de tão longe e que esteja aqui há tão pouco tempo, tenha feito o trabalho que nós não conseguimos realizar depois de anos de tentativa.

— Uma total obra do acaso — ele murmurou. — Pronta para a sobremesa?

— Claro — ela disse, e chamou o garçom para pedir a conta.

"A dieta", Eduardo pensou, rindo baixinho. Tinha esquecido completamente dos olhares hostis.

A sobremesa foi o passeio noturno, com os dois atravessando South River no Z/28 e enfim deixando a cidade para trás. Eduardo apontou o caminho entre as árvores, passando pelo gramado malcuidado, antes de dirigir o carro para lá. Jennifer esteve muito quieta, ao passarem entre os troncos.

Logo ganhavam a estrada, rodando tranqüilamente. O rádio do carro tocava "High Powered Love", de Emmylou Harris — talvez um bom auspício.

Podiam ver grandes nuvens se formando por trás das montanhas, iluminadas palidamente pelas luzes da cidade distante. Nas margens da estrada de duas pistas em mão dupla densos renques de árvores altas se alternavam com ravinas de inclinações suaves, prenunciando a cadeia de montanhas.

Ao lado de Eduardo, Jennifer alternava a observação do painel do carro, seu rosto aceso pela luz vermelha dos mostradores, com a apreciação da paisagem pela qual passavam.

— Você dirige bem — comentou.

Ele riu.

— Só posso saber com certeza se participar de uma corrida — disse, olhando-a de soslaio. — Não é esse o verdadeiro teste?

— Poderíamos marcar um dia para correr o seu Camaro contra o meu Firebird na pista da cidade. Eu teria prazer em derrotar você.

— O que o seu carro tem?

— Um quatro-cinqüenta e cinco e alguns segredinhos — ela respondeu.

— Vamos correr, então. Você me liga dizendo quando.

Caíram em silêncio. Mas Eduardo podia sentir o olhar dela sobre ele.

— Você foi muito legal durante o jantar — ela disse. — Mas parecia um pouco tenso. Foi algo que eu fiz ou disse?

Quase deteve o carro para asseverar a Jen que ela não fizera nada de errado. Queria contar-lhe a verdade — ou *parte dela*. Estava tenso porque tinha bebido uma cartela com seis Budweisers, quando em geral não passava de uma garrafa, ocasionalmente. E, de sua galeria de razões para encher a cara, qual delas poderia contar a Jennifer, que não a deixasse achando-o ainda mais estranho?

— Vou ser tão franco com você quanto posso, Jen.

— *Okay*... — ela murmurou, cautelosa.

— Quando peguei esta estrada pela primeira vez, passei algum tempo na floresta...

— Você não me disse que tinha vindo à noite?

— Sim...

— Isso é bem perigoso, sabe? — Jen censurou-o. — Há animais selvagens no mato, e você poderia se perder facilmente. Antes da região ser fechada, a maior parte do serviço da polícia era resgatar caçadores e campistas perdidos, dar o alerta antecipado de incêndios, essas coisas. Lembra-se das *pick-ups* da nossa garagem? Elas nem rodam mais. Todos os recursos estão concentrados nos novos veículos.

— Por que a estrada foi fechada? — ele perguntou.

— Há uma disputa entre os ambientalistas e os madeireiros. O Ato das Espécies Ameaçadas mandou fechá-la, apoiado em uma antiga decisão de um juiz federal, William Dwyer, até que um relatório de impacto ambiental possa ser feito. Mandou fechar toda a área. Mas os madeireiros estão bloqueando o processo nos tribunais. A floresta sustenta algumas espécies em perigo de extinção, daí a sua importância. A famosa coruja-pintada entre elas, um pássaro que precisa das florestas mais antigas, para procriar. E a águia-careca perto do litoral, só sessenta milhas daqui, alguma espécie de truta, no Klamath mais ao norte. Os ambientalistas querem transformá-la em um parque nacional. — Jen refletiu por um instante, e acrescentou: — O fato dos corredores usarem a estrada também deve causar algum impacto. Mais uma implicação negativa...

— Você tem uma posição sobre o problema? — Eduardo interrompeu-a. Lembrava-se da revoada de pálidas asas ao seu redor. Corujas em perigo de extinção... — Está do lado dos ambientalistas ou dos madeireiros? Ou é neutra?

— Neutralidade não é bem a minha política, nesses casos — ela disse. — Estou do lado dos ambientalistas, acho. Prefiro saber que as corujas ainda estão nestas árvores — acenou para a floresta lá fora —, do que saber que alguma companhia madeireira teve suas ações valorizadas com o fim de uma das poucas áreas selvagens da região.

"A cidade sofreu pouco com o embargo, segundo eu soube. Já não tinha mais o perfil rural e madeireiro. Algumas comunidades rurais tiveram um aumento na taxa de desemprego de até vinte e cinco por cento, porém."

— Bem — ele disse, sabendo que era o momento de contar-lhe o que tinha visto —, quando fiz o meu passeio noturno, encontrei uma área bastante grande, totalmente... cortada. Árvores cortadas junto às raízes...

Um momento de silêncio, antes que Jen respondesse:

— Isso não pode ser. Cerca de um mês atrás uma turma de reparos esteve avaliando o estado da estrada e das barreiras de contenção, e eles não reportaram nada.

— A área cortada fica bem longe da estrada — ele argumentou.

— Você é um ambientalista, Ed? Foi transferido para cá e seus amigos pediram que checasse os bosques, e você me atraiu até aqui para falar desse problema, e não do problema dos corredores.

Ele sorriu, contrariado.

— Desde que cheguei as coisas não têm andado muito bem, Jen. Uns garotos da rua riscaram o meu carro dizendo-me que caísse fora, e a vizinha da casa ao lado procurou-me achando que eu era um traficante de drogas — enfim desembuchou. — A melhor coisa que me aconteceu foi conhecer você. Tem sido franca e honesta comigo. Só estar aqui do seu lado faz valer a noite. Faz valer ter vindo a South River.

Aproximavam-se em silêncio do local da mina. Jennifer não reagiu às suas palavras. Eduardo fez o Camaro diminuir de velocidade, e prosseguiu:

— A verdade é que não sei por que vim até este lugar. Por que me enfiei na floresta. Mas o fato é que eu vi uma caravana de carros e motos passar por aqui. Também vi uma imensa área cortada recentemente. Eu gostaria de fazer alguma coisa a respeito dos *dois* fatos. Qualquer um que voe sobre a área não pode deixar de notar o trecho cortado...

— O espaço aéreo sobre a floresta está interditado aos civis, porque a Guarda Nacional Aérea treina suas aeronaves sobre ela, em vôos quase diários. Eles têm uma base em Klamath Falls, no Oregon, e...

— Tenho ouvido os aviões.

— ...Os pilotos provavelmente não sabem que a área está proibida para o corte.

— O que são, caças a jato?

— Efe-quinzes do Centésimo-Vigésimo-Terceiro Esquadrão de Caça.

— Jesus. E o ruído não afeta os animais?...

— É muito difícil fazer os militares alterarem a sua rotina, eu suponho.

Quando se aproximaram da colina rochosa com a abertura da mina nela cravada, Eduardo obrigou o carro a fazer uma curva ampla, apontando os faróis para a trilha em que se lembrava de ter entrado, guiado por Rino. Acendeu os faróis altos e esticou o indicador.

— Foi por ali que eu entrei — disse. — Há uma trilha entre as árvores, e depois de mais um menos uma hora de caminhada, você deve alcançar a área cortada.

— Jesus Cristo, Ed! E você fez o percurso *à noite,* por *uma hora*? Prometa que nunca mais vai fazer uma coisa dessas.

— Foi até este ponto da estrada que eu cheguei — ele disse, ignorando-a. Concentrava-se em reconduzir o Camaro à estrada. — Quero ir um pouco adiante, e ver o que há por lá. É cedo ainda para os corredores passarem por aqui. Tudo bem com você?

— *Okay.* Mas se ficar só um pouco mais assustador do que isto aqui, você vai dar meia-volta imediatamente, ouviu? — Jen estava usando o seu tom duro de profissional da lei. Isso o fez perceber que o quanto ela havia se abrandado em sua companhia.

— Sim, madame — ele brincou, e a viu lançar-lhe um olhar faiscante.

Rodaram por cerca de vinte minutos. A estrada passava a colear por entre as elevações. Os faróis atingiam árvores e arbustos à beira da pista, conforme o carro ganhava as curvas, e projetavam sombras semoventes de proporções gulliverianas contra as escarpas mais distantes. Quando superaram o primeiro contraforte, a estrada tornou a esticar-se. Mais dez minutos rodando, e Eduardo notou alguma coisa.

— Olhe ali — apontou. — Na beira da estrada e um pouco também no meio.

— Parecem restos de... casca de árvores e ramos. Hum, sei o que está pensando. Os restos dos troncos cortados, que caíram aqui durante o transporte. Mas podem ter sido soprados da mata pelo vento, Ed.

— Lá atrás a densidade das árvores é só um pouco menor, mas isto não aparece. Deve haver uma estrada de acesso do local do corte até este trecho. Acho que passamos por ela mas a perdemos.

— *Okay.* Vamos voltar e olhar com mais cuidado.

Sabendo agora o que deviam procurar — uma passagem entre as árvores, do lado da faixa de quem vinha de South River —, não tiveram dificuldade alguma em encontrá-la.

— Lá está ela — Jennifer apontou. Sua voz soou mais roufenha do que o normal.

Eduardo guiou o carro até o ponto indicado, fazendo o Camaro entrar uns trinta metros pela trilha de terra batida e cascalho. Logo adiante ela fazia uma curva para a esquerda, mas Eduardo se contentou em iluminá-la com os faróis altos, desligar o motor e olhar para Jen, ao seu lado iluminada pelas luzes alaranjadas do painel. Ela estava pensativa.

— Parece realmente bastante usada — disse. — E a julgar pelos sulcos, caminhões muito pesados devem passar por aqui. — Fitou-o, na semi-escuridão do automóvel. — Você me arranjou toda uma nova classe de problemas, Mr. Câmara.

— Tudo o que precisamos fazer é voltar aqui uma tarde, com uma câmera fotográfica — ele sugeriu. — Então você poderá fazer as evidências de corte ilegal chegarem até o pessoal do Ato de Espécies em Perigo. Daí em diante o problema estará fora de suas mãos.

— Eu não estou me esquivando dessa responsabilidade — Jen afirmou.

— Não foi o que eu quis dizer...

Foram interrompidos pela passagem da primeira leva de carros rumando para South River. A qualidade nebulosa do ar das montanhas os fazia parecerem formas fantasmais cortando a paisagem, e transformava os faróis em fachos quase-sólidos de luz. Desfilavam rosnando na pista, uma caravana de ruídos, e fizeram com que se calassem até que se restabelecesse uma medida de silêncio.

— Vamos atrás deles — Eduardo disse, arrancando com o Camaro.

Desta vez o ponto de reunião dos corredores ficava bem longe do local anterior. Eduardo desfilou seu Camaro diante da massa de veículos e espectadores. A maioria parecia recém-chegada, e os carros procuravam lugares para estacionar, ao longo de uma grande alameda adornada com árvores plantadas recentemente e altos postes cujas lâmpadas permaneciam apagadas. Eram os faróis dos carros que iluminavam as pistas, juntamente com alguns tambores que queimavam óleo, papéis ou folhas secas. Era um circo alegre, colorido e ruidoso, e Eduardo não evitou um sorriso.

— Suponho que você tenha um telefone móvel ou um *walkie-talkie* na bolsa — perguntou a Jennifer. — Vai chamar seus amigos agora?

Ela mordeu o lábio inferior.

— Não. É melhor esperar e aprender o que puder, agora que tenho a chance. — Sua voz roufenha ganhou a secura habitual que ela exibia, quando de uniforme. — Mas eu tenho medo que alguém da cidade me reconheça...

Eduardo olhou bem para o seu belo rosto de olhos muito abertos, os cabelos soltos emoldurando as faces suavemente arredondadas, e o seu uniforme de loura. Então lembrou-se dos óculos-escuros e do apertado uniforme da central de polícia, e duvidou.

— É melhor parar em um ponto mais afastado — ela disse, apontando.

Mas para chegar ao final da coluna de automóveis tinham que passar por eles e por seus ocupantes, que agora conversavam junto às máquinas. O tráfego era lento, pois muita gente atravessava a alameda ou ainda estacionava os carros. Agora o Z/28 dividia olhares e exclamações com a loura no banco do passageiro.

— O irmão arrumou para ele uma loura — disse um jovem negro aos seus amigos, todos vestidos com jaquetas acolchoadas, parados diante de um Cadillac Fleetwood Brougham Coupe. Um carro enorme. Eduardo contou seis rapazes robustos — só mesmo uma "lancha" desse tamanho para transportá-los todos juntos até ali.

Logo ao seu lado havia um carro da década de sessenta, um Impala de pintura extravagante — murais aerografados no capô e nas portas e pára-lamas. Três jovens latinos faziam o carro saltar nas molas dianteiras através de um comando portátil que acionava os mecanismos hidráulicos da suspensão. Era o que chamavam de "*low rider*". Um dos rapazes ouviu o que o negro disse, e ofereceu aos gritos o seu próprio comentário:

— Não enxerga direito? Não vê que o cara é latino? — Seus amigos riram. — As louras preferem os latinos, cara.

Jen percebeu a irritação de Eduardo com essa troca, e tocou o seu braço, num gesto tranqüilizador.

— Não se importe com eles. Não sabem que eu arranjei para mim um belo negro *e* latino.

Ele sorriu diante de suas palavras e continuou dirigindo. Sempre se confundia, porém, com a forma com que os americanos pareciam "etnicizar" tudo. Tinha o rosto largo a partir do qual os americanos identificavam a etnia, herdado do lado mediterrâneo do pai, mas no Brasil "latino" significava mais uma herança cultural do que uma etnia. Mais importante, claro, era o outro sentido que Jen dera às suas palavras: ele era uma conquista *dela*. Tornou a sorrir.

O sorriso desapareceu do seu rosto quando ele notou um Chevelle SS preto com uma alta projeção no capô — e dois jovens brancos, bem apessoados, acompanhados de uma jovem morena. Sasha, a vizinha assanhada. Ela o viu passando, e seus olhos saltaram para Jen sentada ao seu lado. Tinha uma expressão de cansaço ou sono no rosto, mas ainda assim sorriu e piscou para ele.

— Não tenho coragem de sair e me expor à chance de ser descoberta — Jen disse, quando enfim estacionaram. — Acabo de ver um bando de gente que já multei.

— Deixe-me ir, então — ele ofereceu. — É só dizer o que devo procurar.
— Você não é pago para isso...
— Mas eu tenho o disfarce perfeito — ele a interrompeu, batendo levemente no volante. — O motorista de um carro como este tem todo o direito de estar aqui. Ninguém vai suspeitar.
Ela considerou, por um momento.
— *Okay*, mas não quero que você aceite nenhum desafio para correr.
— Tudo bem. Eu só vou examinar os outros carros, como que avaliando um competidor. O que acha?
— Fique atento a quem pareça estar controlando as corridas...
— E quanto a armas e drogas?
— Sim, claro. — Ela apanhou a bolsa de entre as botas, abriu-a e pescou um aparelhinho do seu interior. Trazia escrito "ITT Night Enforcer" no revestimento de plástico negro. Parecia um desses trecos eletrônicos que aumentam a luz ambiente e permitiam enxergar no escuro. Jen viera bem preparada... — Eu vou acompanhar os seus passos daqui.
Eduardo olhou para a multidão lá fora, para os trinta ou quarenta carros esperando que o racha começasse. Entre eles havia traficantes de drogas e possivelmente seus guarda-costas munidos de armas automáticas. Podia sentir os olhos de Jen sobre ele, esperando que saísse — ou que desistisse.
— Você também tem papel e caneta aí? — ele perguntou.
— Sim, tenho.
— Toda vez que eu apontar para um carro, você anote o modelo, a cor, até a chapa, se estiver visível.
— Boa idéia. Espere! Vamos combinar um sinal, para o caso de você precisar de ajuda.
— Você virá correndo me resgatar? — perguntou, sorrindo.
— Eu trouxe uma arma comigo — Jen disse, e ele soube que ela viria.
Eduardo estalou os dedos da mão direita contra a palma da mão esquerda.
— Que tal algo assim?
— *Okay*.
Ele então abriu a porta e saltou do Camaro.

Fazia uma noite fria. Eduardo não conhecia o clima da região suficientemente bem, mas suspeitava que o tempo ia virar, que a sugestão primaveril dos últimos dias se extinguia, dando lugar ao frio e à neve do outono, aos quais ele ainda estava longe de se sentir ambientado.

Não muito longe do Camaro estava um sujeito barbudo e pesado, mais velho que a média do pessoal e com uma jaqueta da NHRA fechada até o pescoço, apreciando o movimento. Encostava-se em um Ford '32 *roadster* sem a cobertura do motor, deixando à mostra um V8 todo prateado. A placa era de South River. Eduardo se aproximou dele com as mãos fundas nos bolsos.

— *Howdy* — cumprimentou. O sujeito respondeu com um aceno de cabeça. — Belo Ford. Que *blower* é esse, homem?

— Um seis-setenta e um carburador corpo quádruplo seis-cinqüenta cê-efe-ême *double-pumper* — o barbudo respondeu, de um fôlego só. Ele em seguida indicou o Camaro ao longe. — E o seu?

Eduardo se esforçou para se lembrar das especificações que Folson havia colocado no papel para ele.

— Um Weiand oito-setenta e um.

— Eu já sabia... Quer correr? É um pouco cedo. As melhores apostas só começam depois que os carros de pior tempo estiverem fora.

— Eu acabei de chegar e por enquanto só estou olhando — Eduardo explicou, com um sorriso. — É a minha primeira vez...

— Aquele é o Camaro de Folson, não é?

— Sim — Eduardo apressou-se em responder. — Acabei de comprá-lo e ainda não tive chance de colocá-lo para correr.

— Folson foi um dos heróis locais — o barbudo disse, de olhar distante voltado para a aglomeração de carros dispostos junto à cabeceira da alameda. — Ele me contou que tinha vendido o Camaro para pagar as multas. Os tiras conseguiram tirá-lo das ruas, mas mesmo que ainda estivesse por aí, alguns desses caras de fora colocam muita grana nesses máquinas, cara. Novos turbos e *nitrous oxide* e alguns desses caras são loucos. Às vezes até penso que os tiras estão certos em fechar sobre nós.

— Eu espero ver alguma corrida, antes que o espetáculo acabe — Eduardo disse. — Mas só consegui chegar até aqui porque segui uns caras que estavam vindo para cá. Como faço para saber onde será a próxima corrida, amanhã ou semana que vem?

O barbudo voltou os olhos para ele.

— Você não é de South River, é? — perguntou. — E fala de um jeito esquisito. Como é que eu vou saber que não é alguém que os tiras mandaram para cá, espionar a gente?

— Paguei cinco mil, quatrocentos e setenta dólares pelo carro de Folson — Eduardo disse, expondo uma das mãos ao frio e enfiando-a no bolso interno da jaqueta. — Disseram-me que a polícia daqui não tem tanta grana quanto parece. Acha que iam investir mais de cinco mil dólares para espionar vocês? — A essa altura ele já tinha o seu passaporte aberto diante do rosto do sujeito. — E acha que iam contratar um brasileiro?

O barbudo não abriu a boca, mas fez que não com a cabeça.

— Eu só quero assistir a umas corridas, homem, talvez até participar de algumas — Eduardo insistiu.

— Há alguns pontos na cidade que sempre informam onde vai ser a próxima corrida — o sujeito finalmente segredou. — Um deles é o posto da Texaco na Penhandle Street. O outro é o ferro-velho de Jack Hubert na estrada Thomas. Há um bar pegado. Os *rodders* costumam passar ali depois da meia-noite, e depois seguem para o local combinado. É bom que os caras se dispersem primeiro, porque os tiras estão sempre atentos para os comboios. Uns grupos são selecionados para despistar os *cruisers* da polícia, chegando perto das nove horas. Depois eles vão ao local verdadeiro. As corridas acontecem sempre depois da meia-noite.

— Obrigado — disse, apertando a mão do barbudo. — Vou tomar cuidado. Vejo-o na semana que vem, então.

— Se quiser correr mais tarde, procure-me. Mas vai ter que me dar um carro, certo?

— "Dar um carro", o que quer dizer?

— A vantagem do comprimento de um carro. Eu sei muito bem o que está debaixo do capô do Camaro de Folson.

— Tudo bem.

Eduardo se afastou dele. "Dar um carro"... Devia ser uma vantagem enganosa, considerando que o barbudo era experiente, enquanto Eduardo nunca havia participado de uma corrida de arrancadas. E o *street rod* com carroceria de fibra de vidro era bem mais leve que o seu Chevrolet... Mas ele não estava ali para correr. Tinha obtido uma informação que devia ter algum valor para Jen, e era isso o que importava.

Continuou caminhando, as mãos nos bolsos para não dar por engano os sinais combinados. Esforçava-se para memorizar o nome das ruas e dos pontos citados pelo barbudo. O posto da Texaco... o ferro-velho de Hubert...

Por toda parte as pessoas conversavam, bebiam ou dançavam ao som dos alto-falantes embutidos nos automóveis. Muita gente devia estar embalada em *ecstasy*, pela agitação... Motoristas e seus amigos discutiam quanto apostar, contra quem e contra o quê. Muita grana aparecia, mas não trocava de mãos. Ainda tinha gente chegando, um bando de motoqueiros em Harleys, tão barbudos quanto o seu amigo lá atrás. Um Mustang 5.0L com dois caras brancos dentro entrou à toda na alameda e passou a fazer rodopios na pista. A janela do lado do passageiro estava quebrada — era provavelmente um carro roubado. O motorista pisava ao mesmo tempo no breque e no acelerador, e os pneus traseiros sempre girando queimavam borracha, levantando nuvens azuladas no ar frio e desenhando "Os" e "8s" e "Ss" e traços de serpentina no asfalto. A julgar por outras marcas empalidecidas no pavimento, estava claro que não era a primeira vez que o espetáculo de grafismos de borracha queimada acontecia neste ponto das vias abandonadas da cidade.

Eduardo viu Sasha e seus dois amigos, junto ao Chevelle preto. Ela acenou para ele. Aparentemente tinha os olhos grudados em Eduardo há algum tempo. Apesar de parecer sonolenta ou... *dopada*. Sim, essa era a palavra que descrevia o seu estado. Chapada. Como que para comprová-lo, Sasha levou a forma desleixada de um cigarro de maconha aos lábios, e tragou demoradamente.

Viu-se caminhando na direção dela. Provavelmente não deveria, mas reagia por instinto agora. Os dois sujeitos o viram aproximar-se. Um deles apontou-o com uma garrafa de cerveja. Não havia nenhum calor no modo como o receberam. Eduardo ignorou os três, embora Sasha ainda sorrisse para ele.

— O que vocês têm aí? — perguntou, inclinando-se com um olhar que devia parecer cobiçoso, sobre o capô do Chevelle. Apontava francamente para o carro, na esperança de que Jen o visse. Se eram os traficantes de quem Sasha havia falado, ia querer que a polícia os checasse mais tarde. — Eu dirijo um Camaro quatro-vinte e sete.

— Nós não vamos correr hoje — um dos rapazes disse.

— Não mesmo, ou estão esperando que os carros mais lentos saiam da competição? — perguntou, lembrando-se do que o barbudo havia dito.

Deu um boa olhada no painel do Chevelle, pela janela do motorista.

Sentiu imediatamente um punho forte fechar-se sobre o seu bíceps.

— *Hey*, cara! Já disse a você que não vamos correr — ouviu. — Agora, cai fora!

Endireitou o corpo e levantou as mãos para o alto, em sinal de paz. Mas já tinha visto o bastante.

Eduardo Câmara era programador de *software* básico, mas também se mantinha atualizado com respeito a diversos tipos de *hardware*. O que ele tinha visto de interessante no painel do Chevelle era menos o botão de injeção de óxido nitroso, do que o rádio digital e a tela de um computador de bordo com um *link* via satélite para a Internet. Na tela plana de cristal líquido brilhava uma representação da topografia da cidade. Podia afirmar que era South River porque estudara os mapas da cidade inúmeras vezes, desde que chegara, para não se perder depois da primeira aventura com Rino — Deus, ele tinha mesmo se tornado íntimo de uma visão — e para saborear os nomes que lhe soavam exóticos. Como "Penhandle Street". Jen ia gostar de saber...

— Esse é o cara de que eu falei a vocês — ouviu Sasha dizer.

Os dois rapazes imobilizaram-se.

— O cara que avançou sobre o nosso território? — um deles disse. — O que se mudou para a casa vizinha à sua?

— Em carne e osso, Shaun — Sasha confirmou, semi-oculta por uma densa nuvem de maconha queimada.

Shaun encarava Eduardo com outros olhos, agora.

— A garota entendeu tudo errado — Eduardo disse. — Achou que eu era um traficante só por ser um cara preto morando em uma vizinhança rica, com uma *street machine*. — Ele repetiu o truque do passaporte, mas apanhando-o de dentro da jaqueta com lentidão. Os dois moleques vestiam *trench coats* e podiam esconder todo tipo de arma por baixo delas. — Sou um trabalhador temporário vindo do Brasil, e só comprei o carro para me divertir um pouco. Agora, vocês deveriam ter mais cuidado com a garota aí — apontou Sasha —, se ela conta a qualquer um quem vocês são e o que fazem...

Shaun e seu amigo transferiram os olhares ameaçadores para Sasha, que reagiu em *slow-motion* afastando o baseado da boca. Seus olhos azuis se arregalaram um tanto.

— Não vou perguntar o que estão vendendo, porém — Eduardo continuou, falando rápido. — Mas vou dizer o que quero comprar. A *garota*. Ela tentou se vender a mim em troca de drogas. Mas eu não tinha nada e ela deu o fora...

— Ora, seu mentiroso filho da puta — Sasha gemeu. Parecia incapaz de gritar ou esbravejar, como gostaria.

Eduardo ignorou-a e continuou se dirigindo a Shaun.

— Mas eu acho que posso pagar a vocês para saber realmente o que ela tem para vender. — Fez um gesto de paz, com as duas mãos espalmadas. — Isso se ela não for a namorada de um de vocês.

Shaun trocou um olhar e um sorriso com o seu colega.

— A garota veio com o território, cara — disse. — O território que nós tiramos de uns chicanos. Na maior parte do tempo ela apenas anda com a gente, implorando uma erva. Nós a mantemos conosco só porque a querida Sasha aqui — ele sorriu e passou a mão na bunda da garota, que esboçou um letárgico gesto defensivo — está sempre disposta a ir mais longe do que a maioria das frangas do lugar. Grande garota.

— Podemos fazer negócio, então — Eduardo disse, abrindo a carteira.

Shaun levantou um dedo.

— Só uma coisa. Sasha aqui só fode por drogas, cara. Se você sair com ela, vai ter que pagar também pelo material.

Eduardo hesitou. Queria tirar Sasha dessa situação, levá-la para algum lugar seguro, mas estava avançando em um terreno perigoso.

— Se eu for pego com qualquer substância proibida — disse — eles me deportam na mesma hora de volta ao Brasil...

— Eu falei que você tem que *pagar* pela droga, não que tem que *levar* — Shaun pacientemente explicou. — Depois a gente dá a droga para ela, ou melhor, a grana vai cobrir o que ela *já* consumiu ou que distribuiu aos seus amiguinhos. Duzentos dólares, cara, e você leva a *sweet sixteen* aqui. Sasha vai ser boazinha para o nosso amigo, não vai?

Ela apenas anuiu mansamente, mas com um olhar agora assustado.

Duzentos dólares! Eduardo praguejou contra si próprio, enquanto procurava as notas na carteira. E os dois vagabundos tinham o ar de quem estava com a faca e o queijo na mão. Odiou-os por isso, vendendo uma garota de dezesseis anos... "Vale a pena pagar para tirá-la dali?", perguntou-se. Provavelmente Sasha estaria agarrada aos mesmos desgraçados no próximo fim de semana. Devia receber a sua dose nos fins-de-semana, de qualquer maneira... Por outro lado, talvez a invasão de sua cozinha no dia anterior fosse uma tentativa de escapar do controle dos dois sebentos com quem se envolvera... "Tanto faz", pensou, disposto a pagar e sair dali com ela. O problema era... (vasculhou um pouco mais a carteira) ele *não* tinha o dinheiro. Não depois de encher o tanque do Camaro e pagar a sua parte no caro jantar desta noite. Inferno. Se tivesse feito como queria e pago o jantar sozinho com o cartão de crédito, teria o dinheiro...

Algo desviou sua atenção.

Eduardo olhou para a alameda. Um vulto escuro e arredondado recortava-se contra a luz dos faróis.

Mais uma aparição de Rino, o rinoceronte-negro, correndo no centro da pista e bufando nuvens de condensação no ar frio.

Eduardo enfim compreendeu. Era um esquizofrênico sem cura. A visão aparecia quando ele se sentia estressado — ou encurralado, como agora.

Os caras do Mustang ainda rodopiavam em mais um *round* frenético de manobras, mas o motorista deve ter visto alguma coisa, reagido de algum modo à espectral presença, pois o carro saiu de um giro sem controle e foi parar entre as árvores do canteiro central. Todo o povo em redor olhou para o desastrado Mustang preso entre os troncos, e a noite se encheu de gritos e risadas. Mas nada disso impressionou o rinoceronte. Rino continuava correndo direto para eles, e seu trote era uma cavalgada, uma carreira em grande velocidade e impossível facilidade de movimentos.

Direto para onde Eduardo, Sasha e os outros estavam.

Direto para o Chevelle preto.

Rino passou pelo paralisado Eduardo e atingiu o carro com os chifres, feito um trem descarrilhado — ou um tanque de guerra de carne e osso ou a matéria imponderável dos sonhos — a cabeça imensa subindo num movimento de alavanca que fez o Chevelle de mais de mil e setecentos quilos tombar de lado e derramar um chuvisco de vidro no asfalto. Mas tudo acontecia em câmara-lenta, em imagem granulada, com fotogramas faltantes, fazendo Eduardo duvidar dos seus olhos. E ouvidos, pois escutava o ruído distante de lataria sendo esmagada e cacos de vidro tilintando.

Piscou, aturdido — e viu Shaun e o seu sócio caídos no chão. O Chevelle permanecia em pé e intacto sobre as quatro rodas, mas os dois moleques jaziam sobre as costas — e Sasha deixara cair o baseado.

Eduardo saltou para adiante e a agarrou pelo cotovelo. Puxou-a para o meio da multidão, que continuava rindo do Mustang batido. Olhou para trás, por cima do ombro, e viu os dois rapazes se levantando, suas mãos enfiadas dentro dos jaquetões. Enquanto estivessem no meio da multidão, Eduardo e Sasha diminuíam as chances de serem vistos, mas havia um trecho livre entre os carros e o Camaro isolado. Eduardo não via Rino em parte alguma.

— O que, que foi aquilo?... — Sasha balbuciou. — O que houve com Shaun e Doug?

Jennifer perguntou a mesma coisa, quando Eduardo e Sasha chegaram ao Camaro.

— Aqueles caras simplesmente caíram no chão — ela disse. — E você nem encostou neles.

— Eles estavam altos com alguma coisa — Eduardo improvisou, deixando de crer, no mesmo instante e com imenso alívio, que era louco. Não se tantos reagiam à "sua alucinação".

Lutava para enfiar Sasha no banco de trás e afivelar o cinto de segurança em torno de sua cintura. Jen estava ao volante e já tinha o Chevrolet rosnando, o supercompressor emitindo um zumbido alto, cheio de presságios de movimento. Eduardo voltou-se para Jennifer:

— São traficantes de drogas, e esta garota é a vizinha de que falei. Temos de tirá-la daqui.

Assim que Eduardo se sentou no assento do passageiro e fechou os cintos, Jen fez o Z/28 saltar para adiante com os pneus traseiros fumegando, executou uma curva impossível, centímetros antes de atingir o canteiro central, e reconduziu o carro como um bólido para o centro da pista e para longe dos outros corredores. Eduardo viu que todos os olhos abandonavam o Mustang e cravavam-se agora na arrancada do Camaro.

Havia um *walkie-talkie* no painel diante do volante. Jen apanhou-o.

— Não! — Eduardo gritou, superando o rugido do motor. — Eles têm um receptor no carro. Se você chamar os seus colegas, eles vão saber...

— Isto é uma emergência policial! — Jennifer berrou de volta.

— Eles vão achar que eu trabalhava para vocês e virão atrás de mim.

— Acho que você já está encrencado — ela disse, contrariada, mas atirou o aparelho de volta ao painel.

Eduardo olhava por cima do ombro. Viu um par de faróis surgir e crescer, aproximando-se deles.

— Lá vêm eles... — disse.

— O que é que eles têm? — Jen perguntou. Referia-se, claro, à preparação do Chevelle. Eduardo lembrou-se do Sasha lhe havia dito.

— Sistema de óxido nitroso, com certeza, e um *big-block*.

— *Okay*, segure-se — ela avisou, e Eduardo viu-a pousar a pequena mão sobre a alavanca de câmbio.

O Camaro se lançou para adiante e um zumbido insistente subiu do motor. Era como viajar num vespeiro movido a jato. A frente do carro passou a engolir a pista diante deles. No painel a agulha do velocímetro inclinou-se rumo à marca das 160 milhas — ou quase 250 quilômetros horários. As luzes do Chevelle de Shaun e Doug ficaram para trás, encolhendo até desaparecer por completo. Eduardo sorriu e apenas a presença concentrada de Jen ao seu lado o impediu de gargalhar de pura alegria e excitação. Sasha por sua vez não se inibiu e passou a gritar histericamente atrás dele. Ignorando-a, Eduardo olhou pela janela — a linha borrada de árvores à beira da estrada que o carro deixava para trás, e viu a silhueta de um rinoceronte girando sobre o próprio eixo, uma silhueta momentânea recortada pelos troncos, e num segundo o Camaro sibilante a deixou para trás.

4

Jennifer e Eduardo deixaram Sasha no pequeno mas bem-equipado hospital de South River. A garota estava levemente desidratada e grogue com as drogas que consumira. Seus pais foram chamados, mas Jen e Eduardo preferiram não esperar por eles. Um assistente social fora acionado para esse fim.

Jen havia encontrado dois de seus colegas num dos Crown Victorias, parado diante de um McDonald's, e lhes comunicara a localização dos corredores. Recomendara que não empregassem o rádio para enviar os colegas direto para lá. Deveria chamá-los até o local em que estavam, usando uma desculpa qualquer, e juntos partiriam para a batida contra os corredores. Eduardo, porém, duvidava que encontrariam alguém para prender.

Jen solicitou que seus colegas dessem um alerta e levantassem a ficha dos proprietários do Chevelle SS preto. No dia seguinte, na central de polícia, teria acesso ao resultado. Também falou aos outros policiais sobre a passagem para a estrada da mina. Se não conseguissem apanhar os corredores na alameda, talvez pudessem surpreender alguns durante a retirada da caravana de veículos.

Enquanto se colocava outra vez ao volante do Z/28, Eduardo torcia para que pelo menos alguém fosse pego, alguém que pudesse entregar alguma coisa mais do esquema. E ainda havia os caras do posto Texaco e do ferro-velho, para interrogar...

— Vou levá-la para casa — disse a Jen, que se sentava ao seu lado. — Foi uma longa noite...

Mas quando chegaram ao prédio baixo de apartamentos, Jen pediu que ele a acompanhasse.

— É muito tarde — ele começou. — Obrigado pelo convite, mas...

— Eu não estou *convidando, okay*? Você vai passar a noite aqui. Acha que vou deixá-lo voltar para casa, com os dois traficantes sabendo exatamente onde você vive? Vai passar o domingo aqui, e na segunda-feira as coisas talvez já tenham esfriado o bastante.

Contara a ela tudo o que sabia sobre Sasha e os dois vagabundos — até mesmo que a garota tentara se entregar a ele, presumindo que teria o sexo retribuído com drogas. Jennifer reagira mudamente ao seu relato. Suspeitava que ela não aceitava bem a idéia da adolescente tentando seduzi-lo. Talvez desconfiasse de que não a tinha de fato recusado.

— Posso facilmente procurar um motel... — ele dizia.

Em resposta, Jen arrancou as chaves da ignição e saltou do carro.

O apartamento tinha três cômodos e uma aparência um tanto nua, como se Jennifer não tivesse se esforçado muito para torná-lo aconchegante. Faltava o proverbial toque feminino. Talvez faltasse, na verdade, um homem para motivar a presença de um toque feminino... "Que besteira!", ele se censurou mentalmente. "Ela na certa trabalha demais e usa o apartamento apenas como um local de repouso; alojamento e dormitório ou pouco mais que isso."

Mas era um homem no apartamento da mulher, e o embaraço crescia dentro dele. Foi até a pequena estante cheia de livros, que guarnecia a sala. Apreciou as lombadas, para não ter que encarar Jen. Havia muita coisa sobre carros, mas também um atlas, romances, livros de poemas; um manual de escrita técnica, a constituição dos Estados Unidos e volumes em capa dura de direito e jurisprudência, dois livros de arte sobre parques nacionais americanos, uma coleção de revistas *National Geographic*...

Ela veio até ele e o abraçou por trás. Eduardo podia sentir a pressão macia de suas mamas, grandes e mornas, e o batimento acelerado do seu coração.

— Você se comportou muito bem esta noite — ela disse. — Uma situação potencialmente muito perigosa...

— Por sorte você estava lá para tirar-nos do aperto. E dirige muito bem, Jen. Eu certamente não conseguiria ir tão rápido.

— Não gosto dessa coisa com traficantes de drogas... e aquela *garota*. — Não disse mais nada, por alguns segundos, e então: — Foi uma coisa muito bonita o que você fez, ao tirá-la da companhia deles. Mas provavelmente inútil.

— Acha que os pais dela, uma vez alertados, não vão ajudá-la a superar o problema, a reabilitar-se?

— Se é que eles já não sabem... — ela murmurou. — Mas agora, com um assistente social envolvido, serão obrigados a fazer alguma coisa.

Jen tinha o queixo apoiado em seu ombro, seus lábios sopravam um fôlego suave contra o pescoço dele.

— Você também age de forma muito magnânima — ele disse —, ao me esconder em seu apartamento.

— Não — ela respondeu. — Minhas razões são puramente egoístas.

E o beijou na nuca.

Eduardo sentiu um longo arrepio descer por suas costas e eriçar todos os pêlos da sua bunda. Uma reação estranha, tão longe da aventura noturna, da seriedade de tudo, tão engraçada realmente, que ele riu. Voltou-se para Jennifer e ela riu também, e os dois continuaram sorrindo até que a noite morresse ao nascer do sol.

Na manhã seguinte Jennifer foi ao departamento de polícia conferir as informações sobre o Chevelle. Retornou ao apartamento com a ficha do carro. Pertencia a um certo Shaun Smith — "provável nome falso", ela supôs — e tinha uma pequena lista de multas não-pagas e infrações por excesso de velocidade. Estava registrado em Ashland, a cidade do Oregon mais próxima de South River. Não havia nada sobre o carro ter sido usado no comércio de substâncias proibidas.

No hospital da cidade, ainda pela manhã, Sasha estivera sob observação. Ninguém soube informar a Jennifer qual seria o seu destino depois de voltar para casa, mas a recepcionista informara que os pais da garota tinham feito um pequeno escândalo, durante a entrevista com o assistente social.

Jen contou a Eduardo que a informação sobre a estrada fechada tinha causado uma pequena comoção também na central de polícia. Eles iam enviar um dos Ford Explorers com dois oficiais para monitorá-la vinte e quatro horas por dia. Aparentemente, o problema da rota clandestina dos corredores vindos do norte estava resolvido. Já a questão da área de corte ilegal na floresta representava todo um outro problema, para o qual Jennifer ainda não tinha resposta. Nem comentara o assunto com o chefe de polícia. Esperava a poeira baixar, para abordá-lo com um problema completamente diverso daquele que ocupava a sua atenção imediata.

Isto não deixou Eduardo muito satisfeito, mas ele entendia a necessidade de dar um tempo.

— Para mim essa é a questão mais urgente — confessou a Jen.

— Por que, Ed?

— Se você visse aquele mar de árvores cortadas...

— Vou fazer algumas ligações segunda-feira. Seja paciente. O chefe quer apenas sentir que finalmente tem a situação dos corredores controlada. Ele tem que responder ao prefeito e aos conselheiros...

— Mesmo que vocês fechem a entrada dos que vêm do norte, ainda há o problema dos que vêm do sul — ele argumentou. — A coordenação desses dois movimentos deve ser o centro do problema. Pelo que vi no carro de Shaun Smith, eles o estão fazendo pela Internet. Troca de *e-mails*, provavelmente, entre os organizadores das corridas e os diversos pontos que avisam os corredores quanto ao local.

Ela assentiu com a cabeça e disse:

— O chefe vai colocar alguém a paisana vigiando os pontos que você descobriu.

— Isto tudo não lhe parece sofisticado demais somente para manter a *drag racing* por aqui?

Era a pergunta que rodava em sua mente, desde que vira os aparelhos no Chevelle preto de Smith.

Jen refletiu, antes de responder. Os dois sentavam-se na sala de estar do seu apartamento.

— É apenas uma fachada para o tráfico de drogas — disse.

— Difícil de acreditar que qualquer mercado de usuários que South River possa oferecer seja tão importante para os traficantes. E as corridas... são um meio de lavagem de dinheiro ou coisa assim? Deve ser mais um passatempo para as gangues, do que um investimento, não importa quanto dinheiro esteja envolvido.

— Acho que só vamos saber depois que o caso estiver fechado — Jen ofereceu. — Mas no momento eu tenho a tarde livre, só entro em serviço no turno da noite. Estive pensando... Poderíamos passar a tarde na praia, se você não estiver muito cansado.

A praia ficava a apenas cem quilômetros de South River. Poderiam ir até lá, passar duas horas ao sol, e retornar a tempo de Jennifer entrar em serviço. A distração lhes faria bem, depois de tudo o que viveram na noite anterior e com tudo o que se passava em suas mentes. Eduardo concordou.

Assim, carregaram o Firebird Trans Am de Jennifer com os apetrechos de piquenique que compraram em um supermercado pelo caminho — Eduardo escolhera uma bermuda que não teve onde provar — e puseram o carro na estrada. A estrada seguia quase reta por um trecho, acompanhando o vale do rio Klamath, mas depois deixava que as águas prosseguissem sozinhas para o sul, enquanto avançava ziguezagueando em caminhos sopeados pelas montanhas. Ele alternava olhares dirigidos a Jen e à paisagem em redor. Foram conversando sobre a família de Jennifer em Oakland, Califórnia, a de Eduardo em Americana, São Paulo. Depois falaram um pouco sobre a infância dela, e novamente de como se tornara uma policial. Eduardo contou como iniciara o seu trabalho de programador nos computadores da Força Aérea Brasileira; como fora recrutado pela Faro Softwares; como a empresa lhe oferecera a chance de trabalhar nos Estados Unidos.

— O fato é que nunca acreditei que poderia ter uma trajetória acadêmica de maior significado — contou a ela. — Escolhi uma escola da Força Aérea para sargentos especialistas, uma opção que geralmente atrai jovens de classe média. Meus professores me diziam que eu poderia ter conseguido freqüentar um colégio militar de elite. Hoje me pergunto se inconscientemente... Não sei. Talvez eu pensasse, inconscientemente, que alguém da minha cor não pertenceria a um lugar melhor...

Jennifer dirigiu em silêncio por algum tempo. Ele podia sentir a sua contrariedade. Então ela perguntou:

— Você está tendo problemas com os vizinhos, não está? Posso pagar uma visita a eles, por conta do que fizeram ao seu carro...

Eduardo agradeceu a oferta. Explicou que, em torno dessa discriminação tão agressiva, tudo era novo e, em certo sentido, traumático. No Brasil, ele passava por branco. Em South River havia pessoas que o tratavam cordialmente, sem fazê-lo lembrar-se que não era bem-vindo. A firma tinha negros e asiáticos, tratados com certa igualdade. Mas havia outras pessoas...

— Como alguns que nos olhavam de modo estranho, no restaurante — contou.

— Eu não notei. Acho que só tinha em mente que era um bom restaurante, conhecido na cidade, quando o escolhi — Jen disse, em voz baixa. — Lamento. Deveria ter antecipado...

— Não se culpe — interrompeu-a.

Observou a paisagem pela janela, sentindo-a estranha e alienígena, apesar de sua beleza.

— Agora vejo que há um lado triste em tudo, além da própria violência da segregação — disse. — É o fato de eu ter crescido sem contato com uma parte da história da minha família, a parte que contribuiu com o sangue africano. Como muitos rapazes da minha geração, cresci afastado daquela coisa de família... as tradições e os laços. Meus interesses não eram contemplados pela história da família, você sabe, e acho que eu pensava que meus pais e parentes nada tinham a dizer que me importasse.

"Então um dia meu pai contou-me algo sobre o avô materno dele, e minha mãe algo sobre o pai dela, e foi estranho... Eram histórias antigas, episódios ocorridos muito antes de eu nascer, mas senti que essas duas histórias incorporavam a *minha* experiência. O que eu viria a ser estava prefigurado ali, nas aventuras de meus avós."

Jennifer apenas ouvia. Então pediu que ele lhe contasse essas histórias, mas Eduardo disse que não fariam muito sentido a ela, embora fizessem a ele. O que escolheu contar foi que uma sua antepassada que teria sido uma escrava na corte do imperador do Brasil.

— Sinto que há um lado meu que não alcanço — continuou —, um lado que talvez essa trisavó pudesse revelar. Alguma história, uma experiência de vida que apenas ela poderia ter, e que seria a chave. Mas está perdido para mim, porque minha família não guardou registro algum dela. Talvez até mesmo pela vergonha de ter alguém inegavelmente negro em nosso passado.

— Acho que posso entendê-lo, até certo ponto — Jennifer disse —, porque fui muito influenciada por meu pai e ainda hoje me esforço para manter-me próxima de minha mãe e irmã. Mas você fala de uma coisa muito diferente, eu acho — admitiu. — Não sei se compreendo, mas o modo como fala me deixa triste por essa parte perdida de sua herança.

Enquanto desciam as montanhas e ele observava o rosto ensolarado de Jen, os olhos protegidos por óculos escuros, suas mãos pequenas firmes no volante, as pernas se movendo quando pisava os pedais, um sentimento estranho o atingiu: pensava em Jen e pensava no lar. Ela representava um lar para ele agora, mas ao mesmo tempo Eduardo tinha a consciência da distância que o separava de sua casa, de sua família. Não ficaria na Califórnia por muito tempo — subitamente esta outra certeza alvoreceu dentro dele. Voltaria para casa mas perderia o seu lar aqui, o colo quente de Jennifer.

Voltar para casa seria uma perda. Mas tudo estaria mudado, de qualquer modo, ainda que não soubesse bem em que sentido, ou em que proporção.

Ao sondar seu íntimo à procura da fonte desse pensamento, encontrou-a no rinoceronte. Rino era um terceiro "lar", como ele o sentira na noite em que o rinoceronte-fantasma primeiro o levara pela estrada da mina. Mas o que significava? Que perderia alguma coisa, em sua passagem pelos Estados Unidos? Ou que *ganharia* algo? Não poderia passar o resto da vida sendo acompanhado por um espectro animal que apenas ele podia ver, de qualquer modo.

Não encontrou resposta alguma.

O acesso até a praia passava por uma escada de madeira com desgastado corrimão de metal pintado de negro, levando de um alto promontório onde os carros ficavam estacionados, até a faixa de areia escura e pedras assomando dentre as ondas. Cedros retorcidos continham a praia, e Eduardo e Jennifer se instalaram na sua orla. O sol aparecia e desaparecia por entre nuvens plúmbeas, fazendo a pele de Jen acender-se e apagar-se, seus cabelos filtrarem reflexos dourados sobre a testa, e as pupilas transparentes fundirem-se contra o branco dos olhos, conforme os raios incidiam sobre elas.

Vestia um maiô inteiriço de tom opaco cinza muito escuro, que lhe valorizava a brancura da pele, embora escondesse o seu umbigo. Eduardo aprendera a amar o umbigo de Jen — fundo, rodeado de gordura, aceitava com perfeição a falange do seu polegar. Dentro dele havia um calor e frescor simultâneos, uma sensação de delícia e espanto. Enquanto conversavam, ela se deitava de costas, apoiada nos cotovelos e com os joelhos flexionados, e seu ventre por baixo do maiô formava dois rolinhos de gordura que, surpreendentemente, enterneciam a Eduardo. Não mais, porém, que o volume das mamas querendo escapar do tecido escuro. Um seio fundo as dividia e fazia Eduardo querer mergulhar os dedos ali, lembrando-se de como a mão parecia tremer diante do toque da pele macia e morna. Seria como uma bateria deixada para carregar na tomada — e ele sabia muito bem para onde iria a energia que acumulasse.

Lembrou-se da noite anterior, o turbilhão de carros, e lhe ocorreu que Jennifer Adams era uma mulher de Frank Frazetta — redonda e voluptuosa, pálida e primordial — mas em uma pintura de Robert Williams — rodeada de máquinas velozes e paixões violentas.

— Conte-me o que houve ontem à noite, com os dois traficantes — ela pediu, de repente. — A sua desculpa foi boa, mas pensando um pouco mais, é improvável que eles consumissem o próprio material e que os dois caíssem duros e gelados no mesmo instante. O que você *fez*?

Ele respondeu com outra pergunta:

— Você estava acompanhando tudo com aquele seu dispositivo de visão noturna. O que viu?

Jennifer hesitou.

— Não sei — disse. — Devo ter perdido alguma coisa... Num instante estavam em pé, um deles segurando a garota, e então... — Fez uma pausa pensativa, olhando para cima, procurando as palavras no ar. — Foi como se alguma coisa *passasse* diante deles, mas, não sei, acho que foi uma flutuação no sistema de intensificação de luz, com todos aqueles faróis acesos em volta. A próxima coisa que vi foram os dois caras caídos, e você correndo com Sasha.

Eduardo não disse nada. Continuou olhando para Jennifer, apreciando o modo como a luz filtrada por entre as árvores desenhava manchas móveis e douradas em sua pele.

— E então, Ed? — ela insistiu.

— Eu não sei, Jen. Conversei com os rapazes e as suas vozes pareciam engroladas. A única idéia que tenho é que eles caíram por causa de alguma intoxicação.

— E se levantaram logo a seguir para nos perseguir em um carro dirigido a mais de cem milhas por hora?

— *Eu não sei* — insistiu, marcando bem cada palavra, e o silêncio se fez entre os dois.

Não havia muita gente na praia — somente oito ou dez pessoas caminhando por ali, poucos junto à arrebentação gelada. Nem as crianças se arriscavam a irem brincar na água. Um labrador dourado vigiando a todos, sob um guarda-sol solitário, a comprida língua de fora. As gaivotas faziam mais barulho que as pessoas ou as ondas, ou o vento soprado entre a ramagem dos cedros. Uma bela cena, uma encantadora paisagem — especialmente com Jen deitada em sua manta plástica diante dele —, mas havia qualquer coisa deslocada em tudo. Não era nem um pouco como as praias que conhecia, no litoral norte de São Paulo, no Rio de Janeiro... Esta era uma praia de rochas e areia escura, onde mesmo com sol fazia frio. E nenhuma palmeira...

E lá estava ele, tomando sol, escurecendo a pele.

Sorriu.

— Você se torna um homem bonito, quando sorri — Jen disse. — Sabe que eu me imaginei na cama com você desde o dia em que apareceu no escritório?

O sorriso alargou-se.

— Só posso dizer que foi recíproco — respondeu.

Os dois se aproximaram para um beijo.

Na segunda-feira Eduardo teve tempo de ligar para Phillips e avisá-lo de que não precisaria pegá-lo em Upper Valley. Iria sozinho para o trabalho.

Na verdade, Jen o proibira de voltar para a casa no subúrbio. Ela faria uma ronda diante da casa e pela vizinhança, depois diria a ele se tudo estava bem ou se deveria voltar para o seu apartamento e continuar escondido lá. Algo em sua voz rouca lhe dizia que Jen gostaria que ele continuasse com ela.

Não poderia, porém, esconder-se para sempre. E por essa razão, usou o horário de almoço para deixar uma carta para seus pais numa caixa de correio (também costumava enviar *e-mails* do seu PC no escritório) — e visitar o centro histórico de South River, que ostentava o nome de "JEDEDIAH SMITH MEMORIAL CENTER", em uma placa de bronze aparafusada do lado de fora.

O *lobby* se abria para um amplo salão de madeira, imitando o que os pioneiros construiriam em 1870 se desejassem erguer uma igreja ou o espaço comunitário para um *town meeting*, como diziam, com grandes vigas de madeira-de-lei sustentando o teto. Alojava uma mostra didática de painéis a um canto, e pinturas de artistas locais no canto oposto, uma grande mostra sobre cultura e história indígena, ao fundo. Não havia muita gente ali — dois casais de idosos, uma menina com aparência de colegial, um faxineiro. Eduardo começou pelas pinturas, apreciando óleos e aquarelas retratando a paisagem e a fauna locais. O principal aquarelista em exposição se chamava Thomas McQuinn e possuía uma arte minimalista, empregando o que os artistas chamam de "espaço negativo" — em que animais selvagens — gansos, lobos e coiotes, veados e alces — eram isolados na paisagem por grandes áreas desocupadas, sugerindo agudamente sensações de solidão e mistério. McQuinn tinha trabalhos em galerias de Santa Fé e Nova York. Uma legenda antecipava a exposição dos seus quadros e o declarava "um defensor do meio ambiente". Eduardo foi grato por isso. Bem sabia que o meio ambiente na região de South River precisava de defensores.

Um trabalho bonito, mas Eduardo não tinha muito tempo, e logo se mudou para a outra parte do salão — a exposição sobre os índios. As tribos que viveram na região foram os klamath, os paiúte e os modoc. Este último grupo aparentemente dera algum trabalho aos colonos brancos. Houve até uma "Guerra Índia Modoc", em 1872. Durante os combates propriamente ditos os modocs prevaleceram sucessivamente, até que o cerco do Exército dos Estados Unidos os dispersasse. Eles caíram como bravos, mas caíram não obstante.

Na época da Guerra Modoc já havia gente de South River, ou do que viria a ser South River. Alguns lutaram como batedores, do lado dos ianques — a razão aparente do capítulo sobre o conflito, no centro de memória.

Pelo jeito, South River resultara de um momento tardio da "Corrida para o Oeste" — os fundadores da cidade haviam partido do Mississipi um ano após o fim da guerra civil entre os estados do Norte e do Sul, e seguido a Trilha da Califórnia, quando a grande migração para o Oeste já havia amainado. Do mesmo modo que outros sulistas seguiram para o Brasil, para se estabelecerem em Americana e Santa Bárbara, no Estado de São Paulo, ou em Vassouras e Desengano, no Rio de Janeiro, como Eduardo sabia. Em busca de um país onde ainda havia a escravidão... No caso da marcha para o Oeste, porém, foi uma trilha de lágrimas, com muitas mortes creditadas ao terreno, à falta de água, às nevascas ou aos índios. À beira do Rio Humboldt, em Nevada, haviam tomado a Trilha Applegate rumo noroeste, e chegado às margens do Rio Klamath. Tudo isso estava descrito em um imenso painel que mostrava o mapa da seção noroeste dos Estados Unidos, com uma linha pontilhada indicando o caminho dos fundadores da cidade, suas principais paradas e eventos vividos por eles na jornada.

Eduardo lembrou-se de Seymour Bly e da história que contara sobre seus antepassados. Agora tinha uma idéia melhor do que o seu trisavô Joe Bly havia enfrentado.

Um dos eventos da jornada dos fundadores de South River — narrado sob a forma de uma substancial legenda — informava que a caravana fora detida ainda em Nevada, por uma tempestade de neve que tirou a vida de trinta dos seus membros. Isolados e separados dos seus animais de carga, os sobreviventes foram forçados a recorrer ao canibalismo. A legenda terminava abruptamente com essa notícia, deixando Eduardo a pensar nos detalhes. Ao lado do heróico painel, havia uma placa com o nome das vinte e três famílias que lograram chegar ao ponto do Klamath que ficou conhecido como South River.

Eduardo encontrou ali o sobrenome do diretor-chefe da matriz da Faro Softwares, Kellner.

Enquanto meditava, alguém havia se aproximado dele. Uma mulher de cabelos descoloridos e faces rosadas, de trinta e poucos anos porém mais velha que ele. Seus olhos eram azuis e ela se vestia de maneira elegante, com um *tailleur*, sapatos de salto alto e um lenço de estampas claras no pescoço.

— Boa tarde — cumprimentou-o. — Sou Libby McMannis, a bibliotecária. Talvez eu possa ajudá-lo com alguma informação...

— Boa tarde. Sou um morador recente de South River, apenas um trabalhador temporário, na verdade... Mas a história do lugar é realmente fascinante.

— De onde você vem? — ela perguntou, na certa notando o seu sotaque.

— Do Brasil. Meu nome é Eduardo Câmara.

— Oh, já estive lá em férias! Rio de Janeiro e Recife. — Ela pronunciou os nomes em português sem titubear. — Seja bem-vindo a South River. Mas, seu inglês é muito bom...

Eduardo sorriu. Mundo pequeno... Os dois se cumprimentaram com um aperto de mão.

— Obrigado. — Tocou levemente a placa. — Estava imaginando quantas destas famílias ainda têm descendentes vivendo em South River.

— Oh, cerca de vinte delas. Um bom número, na verdade, considerando que já se passaram quase cento e cinqüenta anos. — Ela começou a apontar os nomes, na placa. — Os Mitchells, os Richardsons, os Taylors, os Brownells, os Cobbs, os Kellners...

— Gordon Kellner, da Faro Softwares, é um dos descendentes dessa família — disse, como se a convidasse a contestá-lo.

— Sim, claro. Um dos membros mais importantes do clã dos Kellners. William D. Kellner, a propósito, foi o líder dos migrantes, o principal fundador de South River, o homem que primeiro descobriu ouro nas montanhas, que gerou o primeiro momento econômico do lugar. Também lutou na Guerra Índia Modoc, quando foi ferido. — Ela fez uma pausa, pensativa. — Você está trabalhando na empresa dele?

Eduardo admitiu que sim.

Então Kellner teria sido o primeiro a descobrir o ouro... Mas Bly não lhe contara que James Bly, seu bisavô, já tinha glebas na região, antes da sua chegada? Bem, ou ele havia exagerado, ou a história, sendo a ciência imperfeita que era e sendo tão freqüentemente escrita pelos vencedores, enganava-se.

— Bem, não sei se devo... — a mulher dizia.

— Você *deve*, Ms. Libby — Eduardo insistiu, mantendo o sorriso. — Sou um simples programador, provavelmente nunca verei o chefe pessoalmente. Pode me contar tudo o que sabe sobre ele, todos os seus casos extraconjugais, e mesmo assim eu não poderia fazer nada com a informação. Ainda mais considerando que meu contrato é de apenas três anos. Por outro lado — indicou a placa, com a cabeça —, me ajudaria a formar um quadro de onde ele se encaixa em toda essa história da cidade. Os descendentes de homens e mulheres que passaram por tanta coisa devem ter um caráter peculiar, talvez uma união mais forte entre eles...

— Isso é verdade, sim — ela concedeu.

— A propósito, esse detalhe sobre o canibalismo... — Pensava em esqueletos fora do armário. — Não é surpreendente que esteja incluído nas informações, considerando que essa gente ainda vive aqui?

Em resposta ela sorriu, maliciosamente, como se tivesse algo a ver com a presença do detalhe embaraçador.

— Esta parte da exposição foi preparada pela Autry Museum of Western Heritage, de Los Angeles — Libby informou —, a pedido da prefeitura da cidade... sabendo que com isso South River economizaria o dinheiro de uma pesquisa própria. Mas então não poderiam reclamar dos detalhes. Bem, é claro que poderiam, e há realmente um movimento para editar essa parte. Temo que no próximo ano eles consigam, depois de uma planejada ampliação do acervo.

— Mas quanto a Kellner?...

— Bem, imagino que Gordon quis, em um certo momento de sua vida, assumir o tipo de liderança que seu bisavô William uma vez exerceu. Convenceu o prefeito e o conselho da cidade a investir em infra-estrutura e em um programa de incentivos para atrair empresas do setor de informática para South River. Ele já havia adquirido uma pequena companhia, a Faro Softwares, antes baseada em Sacramento. Pouco depois de a ter comprado, enriqueceu imensamente com a revolução dos computadores pessoais e *softwares*. Instalou a empresa em South River e duas outras firmas prestadoras de serviço vieram para cá, a fim de assistir à Faro com serviços terceirizados. Ele provavelmente queria que a Faro se tornasse uma espécie de Hewlett-Packard de um Vale do Silício do Norte da Califórnia...

— Mas ele não tinha uma base intelectual como eles têm em Stanford ou Berkeley.

Ela fez uma pausa, pensativa.

— Não — admitiu. — E nem uma sociedade mais aberta, como a que floresceu na área da Baía.

Falava da Baía de San Francisco, naturalmente. Eduardo assentiu em silêncio, diante do que ouvia.

— Eu sei que a maioria das empresas em perspectiva resolveu se instalar no Vale do Silício, e foi então que os planos falharam.

— Sim. O que não impediu a companhia de Gordon de continuar a crescer, embora em ritmo menor. Seu *status* junto ao povo de South River, por outro lado...

— Deve ter sido um investimento muito alto, para uma cidade como...

— E as pessoas não esquecem um projeto frustrado como este, tão facilmente.

Um silêncio estranho se instalou entre os dois. Para quebrar o silêncio, perguntou sobre a identidade do patrono do centro de memória, já que seu nome não era mencionado entre os patronos da cidade.

— Oh, Jedediah Smith. Venha comigo.

Libby McMannis o levou até um canto, onde havia a reprodução de uma pintura de Frederic Remington, o famoso retratista de cenas do Oeste Selvagem. Mostrava homens a cavalo enfrentando uma tempestade de areia que soprava as franjas de seus trajes de pele de veado e a crina dos animais. Para não se perderem uns dos outros, tinham uma vara de madeira amarrada entre as celas. A legenda dizia: "Jedediah Smith cruzando o Deserto de Mojave, 1826. Frederic Remington."

— Smith nasceu em Nova York, mas se tornou um dos primeiros exploradores americanos do Oeste — ela informou. — Dee Brown o considera um dos símbolos do espírito do Oeste, a busca de novos horizontes e espaços abertos, em seu livro *The Westerners*.

"Alguns estudiosos afirmam que Smith esteve na região de South River, em algum momento de dezoito-vinte e oito, depois de subir o Rio Sacramento."

Isso era 1828.

— Ele chegou antes, então... — ele disse, e pensou: "Antes de Joe Bly, também? Claro. Em mil oitocentos e vinte e oito Bly estava chegando ao México, para reivindicar terras para a sua família..."

— Há alguma controvérsia na questão — Libby admitiu. — De qualquer modo, Smith continuou subindo para o Norte, agora margeando a costa. Os índios kalawatset o atacaram e aos seus companheiros, perto do Rio Upqua, no Oregon. A maior parte da expedição foi dizimada. Mas Smith iria alcançar o Canadá. Ele viria a morrer apenas em dezoito-trinta e um.

— Que idade tinha?

Por algum motivo indefinido, a pergunta lhe pareceu importante.

— Trinta e dois anos — a mulher respondeu, antes de acrescentar: — Até que viveu muito, para a época. Foi morto pelos índios comanches.

Eduardo pensou: "Com a idade que tenho hoje."

Conferiu as horas em seu relógio de pulso.

— Meu horário de almoço já se foi. Foi muito bom conversar com você, Libby. Tudo isto é fascinante.

— Posso preparar uma bibliografia sobre Smith e sobre a região, se você quiser — ela ofereceu.

— Eu apreciaria muito. Posso passar amanhã, no mesmo horário, para apanhá-la?

Marlin Davies estava pronto para emboscá-lo, assim que Eduardo pisou no escritório. Não havia mais ninguém na sala, fato que Eduardo estranhou.

— Está quinze minutos atrasado — foi como Davies o recebeu.

— Posso sair quinze minutos mais tarde...

— E fazer Phillips esperá-lo? — o supervisor atalhou.

— Eu tenho carona para esta tarde, não se preocupe.

Davies pareceu surpreso. Será que imaginava que Eduardo passasse todo esse tempo em South River sem fazer amizade com ninguém de fora da empresa?

— *Okay*. Sente-se. Não foi por seu atraso que vim vê-lo. — Indicou uma pasta que esperava por Eduardo, em sua mesa. — O seu relatório de aproveitamento que veio do Brasil indica que você é um *expert* em encontrar *bugs* em programas, um verdadeiro gênio, *wow*! Temos um que queremos que você dê uma olhada. — Pescou algumas folhas grampeadas da pasta. — Mas há um pequeno problema. Este é um programa de defesa. Antes de trabalhar nele, você precisa assinar este termo de sigilo.

Eduardo apanhou as folhas que lhe eram estendidas, mas não as leu. Seus olhos estavam fixos em Davies. "Defesa" significava que o governo americano estava envolvido. Os militares ou agências de inteligência.

— Ninguém me disse nada sobre programas com esse tipo de emprego, quando me trouxeram para cá — disse.

— Qual é o problema? A Faro tem um contrato importante com o Departamento de Defesa, sob o Sub-Secretário para Aquisição e Tecnologia. E você é um funcionário da Faro, então qual é o problema em trabalhar com um programa desse tipo?

Eduardo deu vazão à sua contrariedade, ao responder:

— Obviamente porque eu *não sou um cidadão americano*. Meu *status* aqui é de um trabalhador categoria agá-um-bê, sem nenhum tipo de qualificação para lidar com material classificado. Você deve entender que estou aqui para cumprir os meus três anos de contrato, e não conto em ser deportado de uma hora para outra, porque questões como esta foram tratadas de maneira leve demais pela diretoria.

Davies ficou vermelho, apanhou a pasta com os disquetes e a descrição do programa e a atirou no colo de Eduardo, que recuou o tronco mas não reagiu. Davies estava se excedendo.

— A empresa precisa de você *agora*, e ela o considera qualificado. Assine o termo de sigilo e você e eu estaremos...

— Vou dizer o que farei — Eduardo o interrompeu, elevando um tanto a voz e apanhando a pasta. Colocou-a cuidadosamente sobre a mesa. — Vou esperar que você revise o contrato da Faro com o Departamento de Defesa, e se não houver nenhuma cláusula proibindo que um estrangeiro trabalhe com coisas de interesse da segurança nacional dos Estados Unidos, eu assino na linha pontilhada.

— Você age de maneira estranha, para quem está aqui há pouco mais de um mês — Davies disse. Sua voz adquiriu um tom falsamente íntimo: — Sua situação pode se tornar muito precária, você sabe.

— É o que estou dizendo desde o começo desta conversa. Mas se rescindirem meu contrato sem justa causa, eu recebo uma indenização e vou gastar os seus dólares nas praias do Brasil — Eduardo retrucou, secamente. — Se o governo americano me extraditar eu perco qualquer direito trabalhista e nunca mais poderei pisar no solo americano.

Davies levantou-se, apontando um dedo para ele.

— Fique sentado aí e espere por mim.

Pegou a pasta, deu-lhe as costas e saiu marchando.

Eduardo respirou fundo, enquanto Davies se retirava. Pouco depois o restante do pessoal entrou e os homens e mulheres assumiram seus lugares. Alguns observavam Eduardo com expressões curiosas.

Não lhes deu atenção. Ligou seu computador e continuou o trabalho rotineiro por cerca de uma hora e meia. Pensava nas coisas que Bly lhe havia contado, e considerou telefonar para ele. Então o *big boss* Gordon Kellner o chamou em sua sala. Enquanto caminhava para lá, lembrou-se que horas antes dissera a Libby McMannis que com certeza nunca teria a chance de encontrar-se com ele.

Kellner beirava os um e noventa e tinha uma coroa de cabelos grisalhos adornando a calva que progredia pelo centro de sua cabeça. Um homem imponente, bem vestido, e seu escritório traduzia toda a riqueza que ele tinha amealhado ao cavalgar o foguete da Nova Economia. Tudo em torno reluzia com acrílico e metal fosco, painéis plásticos escuros, e o PC e os periféricos do patrão eram customizados em plástico texturizado e formas arredondadas. Fotos emolduradas sobre um aparador mostravam Kellmer jogando golfe, ou apertando a mão de Bill Gates ou de Jeff Bezos. Seus diplomas mostravam que havia estudado na UCLA. Teria a mesma idade que Seymour Bly? Um aspecto contrastante eram as cabeças de veados e pumas perduras em uma parede lateral, coberta com placas de carvalho. Então Gordon Kellner era um caçador...

Eduardo logo notou que a pasta contendo o material do contrato de defesa estava sobre a mesa de tampo de acrílico.

— Pode entrar, Câmara, e sente-se — Kellmer disse, fazendo o sobrenome de Eduardo soar como *ka-MEH-rah*. — Davies me explicou quais são as suas preocupações. Compreendo a sua posição. Agora mesmo Davies está revisando o contrato, como você sugeriu, juntamente com a nossa equipe legal. Vai levar algum tempo, mas posso garantir a você que seus temores são infundados. A Faro Softwares tem toda a clarificação de segurança de que precisa para trabalhar com material classificado do governo, e você, por pertencer à Faro, tem essa clarificação estendida à sua pessoa.

Kellmer fez uma pausa, para, com movimentos lentos, tirar de sob a pasta uma folha de papel. Seus olhos se dirigiram às palavras ali impressas, e então para Eduardo.

— Nós compreendemos, porém, que você está sendo alçado a uma posição especial dentro da empresa, tendo de lidar com um material sensível. Isso faz jus a, digamos, *privilégios* especiais. — Estendeu a folha a Eduardo. — Aí está o aumento em vencimentos que oferecemos a você, além de um bônus especial por empreitada, fornecido quando se tratar de casos especiais como este.

Eduardo apanhou a folha e a fitou, mas seus olhos se recusaram a ler as cifras.

— O que não está aí — Kellner continuou — é a nossa promessa de nos empenharmos em dar mais segurança à sua condição de trabalhador residente nos Estados Unidos. Podemos mudar o seu *status* para que se sinta seguro tanto da sua situação ante ao governo americano, quanto à intenção da Faro Softwares em tê-lo em seu quadro de empregados ao menos até o término do seu contrato de três anos. E com a possibilidade de *extensão* desse contrato.

Eduardo forçou um sorriso.

— Isso é muito gentil da sua parte, Mr. Kellner. — Pigarreou, lutando para encontrar o que dizer. — Agradeço também a sua confiança em mim. Posso levar o material comigo, ao sair?

Kellner também sorriu, como um gato gordo que sabia ter usado os argumentos certos para fazer o rato sair do buraco na parede.

— Você deve deixar o material com Davies, ao final do dia — disse. E então: — Tire o dia de amanhã de folga, para considerar com calma. Examine o material o quanto quiser. Nós contamos com sua discrição, porém.

Eduardo agradeceu, apanhou a pasta e deixou a sala do chefe.

Davies o viu passar no corredor e sorriu para si próprio.

Eduardo estava diante do seu computador, quando o outro veio ter com ele, outra vez.

— Preparamos uma sala especial para você — disse, e então o levou até lá.

A sala era bem mais acolhedora do que o espaço sem divisórias que partilhava com os outros programadores. A mesa com o PC continha também todos os periféricos. Eduardo logo percebeu que esta máquina, reservada aos trabalhos "sensíveis", como Kellner dissera, não deveria estar em rede com as outras — ou estaria apenas com a máquina de Davies ou outro supervisor incógnito?

Quando Davies se retirou, Eduardo lançou o conteúdo dos disquetes no disco-rígido e fez cópias em outros disquetes, que escondeu em sua pasta de serviço. Sua análise do material foi perfunctória — seus olhos deslizavam pelos gráficos e instruções, sem enxergá-los. Só iria pôr o cérebro para funcionar em cima do problema, quando estivesse em casa. No momento, via-se aturdido demais e todo o seu poder de concentração estava comprometido em mantê-lo impassível diante da delicada incumbência.

Havia dois problemas com o que pretendia fazer. Primeiro, não tinha um PC na casa em Upper Valley. Segundo, Jennifer talvez não o deixasse voltar para casa. Tinha ainda de esperar que ela ligasse, para informá-lo do resultado de sua patrulha pelos subúrbios. Enquanto aguardava o telefonema, obrigou-se a trabalhar no programa aleijado que Kellner e Davies lhe haviam empurrado. Curioso... Não era uma "rotina" ou fragmento do programa completo, mas o próprio. Isso era incomum... Encontrou um problema menor e corrigiu-o. Salvou o arquivo com a alteração no lugar do arquivo original do disquete, e deletou o que tinha salvado no disco rígido. Agora, se Marlin Davies acessasse o seu computador, saberia que ele havia trabalhado no programa mas por segurança o havia deletado do disco rígido. Então ele saberia que o arquivo tinha sido salvo em um disquete e o checaria, podendo supostamente conferir as estatísticas da alteração, preservada no arquivo de *log*, com base nas estatísticas originais em seu poder.

O telefone ao seu lado tocou. A recepcionista já sabia que ele fora confinado na sala especial.

— Oi, Jen — disse, sabendo que apenas ela ligaria de fora para ele.

— Olá, Ed. Más notícias. — A voz roufenha soou metálica, ao telefone. — Alguém estourou uma das janelas de sua casa. Estou a caminho da Faro para informá-los.

— Não faça isso, Jen — apressou-se em dizer. — Eu mesmo mando consertar.

— Isso é um caso de polícia, *okay*? — ouviu-a dizer, com insistência.

— Eu fiz algumas alterações na casa, sem informar a empresa. A garagem está ocupada com algumas coisas, e tive que tirar a cerca no caminho que leva ao quintal para colocar o Camaro lá dentro. Se você contar a eles sobre a janela e eles mandarem alguém da empresa verificar, vão descobrir o que eu fiz e aí vou estar encrencado.

Silêncio do outro lado da linha. Então, um suspiro resignado.

— Falo com você hoje à noite, no meu apartamento, *okay*?

— Eu te amo, Jen — disse, e como Jennifer não respondeu, colocou suavemente o fone no gancho.

— Não vou dizer nada sobre você esconder fatos do interesse do seu empregador — Jennifer dizia, com uma cara séria. — Tudo o que quero saber é sobre o que você disse ao telefone hoje à tarde.

— É como eu me sentia naquele momento — ele respondeu, abortando um sorriso. — E como me sinto agora. Você é a melhor coisa que me aconteceu desde que cheguei a esta cidade. A *única* coisa boa, para ser franco. Você me faz sentir em casa.

Os dois tiveram uma última oportunidade de estarem juntos, e então ele apanhou seu Z/28 e dirigiu de volta para a casa em Upper Valley. Enquanto levava o carro para o quintal, vislumbrou os cacos da janela partida.

Em casa, foi até a sala de estar e varreu do chão os cacos que haviam caído para dentro. Uma pedra fora atirada na janela. Durante a faxina, viu um envelope meio enfiado por debaixo da porta.

— Minha primeira carta-bomba... — pensou em voz alta, enquanto se agachava para pegá-la.

O envelope era fino e estava aberto. Puxou a folha pautada do seu interior. Seus olhos foram logo para a assinatura. Andrew S. Bailey, ilustre desconhecido. Foi apenas ao ler a carta que descobriu que Mr. Bailey era o pai de Sasha, a aventurosa vizinha adolescente.

"*Who the hell do you think you are?*" e blá, blá, blá. Mr. Bailey estava embaraçado com o fato dos hábitos da filha terem vindo a público, e culpava-o por isso. Na certa a jovial Sasha havia tido um *tête-à-tête* com o papai, e jogado a culpa no vizinho. *Blame it on the Bossa Nova*, como diziam os americanos, e ele era o brasileiro mais próximo — embora o *rock* fosse o seu tipo favorito de música. Jen estava certa — mais uma vez. Apesar de tudo, Eduardo teve pena de Sasha Bailey. Papai e Mamãe provavelmente não poderiam ajudá-la.

Guardou a carta dentro de um dos livros sobre rinocerontes e sentou-se. Ficou ali um bom tempo, olhando para o vazio. Então estendeu a mão para o aparelho ao lado, e puxou da memória o telefone de Seymour Silas Bly.

As águas do Klamath nesse trecho desciam em corredeiras espumosas, especialmente na margem mais distante, onde um invisível fundo pedregoso devia causar turbulências que contrastavam com as águas mais mansas que corriam próximas à outra margem. Uma imagem estranha... Turbulência e fluidez, violência e quietude combinavam-se. Lembrou-se que era da fluidez do rio que vinha o nome da região.

Era um lugar bastante selvagem, coberto de árvores e arbustos e pontilhado de afloramentos de rocha. Eduardo sentava-se em um deles, um pouco elevado em relação a Seymour Bly. Não fora fácil para Eduardo trazer Bly e o seu equipamento até ali no Camaro, que tinha o porta-malas dominado por uma enorme célula de combustível.

Bly estava encaixando a câmera fotográfica no tripé. Havia convencido Eduardo a levá-lo para uma sessão de fotos à beira do rio. O carro de Bly estava na oficina, e ele precisava da carona para atender a um *deadline* da galeria de Sacramento que expunha as suas fotos. Pedira a um rapaz que lhe ajudava de vez em quando, para cuidar do posto de gasolina.

Vestia um material de primeira qualidade: sapatos impermeáveis da Timberland, capa-de-chuva amarela da mesma marca, e um boné do Los Angeles Lakers. Seu equipamento fotográfico também parecia ser muito bom. A câmera era uma Pentax 645. Trouxera ainda um fotômetro, aparelhinho para medir a luminosidade, além de um par de binóculos e uma bússola, que trazia pendurados no pescoço. Já tinha feito uma dúzia de fotos, sem apoio, quando chegaram.

Enquanto mexia em seu equipamento e mirava pela ocular, Bly falava. Respondia ao que Eduardo lhe havia contado, quase uma hora antes, ao deixarem o posto de gasolina, rumo ao local da sessão de fotos.

— Após a libertação, o momento mais importante para os afro-americanos aconteceu quase cem anos depois: os atos de direitos civis que terminaram com a segregação legal. Mas os brancos logo adaptaram-se, e formas de segregação residencial e educacional na verdade *aumentaram*, desde dezenove-sessenta e cinco. Isso é compatível com o que alguns sociólogos notaram: se há muitos negros em uma comunidade, os brancos dessa comunidade tendem a rejeitá-los mais intensamente. É como se eles se sentissem ameaçados em sua segurança ou em seus privilégios. É um paradoxo, em que a ausência de segregação oficial inspira uma reação contrária, gerando outras formas discriminatórias. Um sistema invisível, que manteve uma parte significativa da população negra em níveis mais baixos de renda e de formação profissional, concentrada nos guetos das grandes cidades.

"Se um subúrbio se desvaloriza quando uma família negra se muda para lá, ou se os corretores de imóveis dificultam as condições de compra para os negros, ou se um empregador quer pagar menos a um trabalhador afro-americano, ou se o banco financia mais caro a hipoteca da casa de uma família negra, essas seriam questões de mercado. E neste país o mercado é livre e pouco regulado em termos de direitos civis. Desse modo, a segregação se move para fora do alcance da lei.

"Realmente, não me espanta o que está acontecendo com você, em relação aos seus vizinhos em Upper Valley."

Tudo isso explica mas não justifica, Eduardo pensou, lembrando-se do velho dito militar. Algo mais lhe ocorreu, e ele disse:

— Acho que os brasileiros inventaram primeiro esse "sistema invisível" de que você fala, um jeito de exercer a segregação sem parecer racista, sem criar tensões. Nunca tivemos um tipo de *apartheid* aberto como aqui, mas...

— Você não tem idéia — Bly interrompeu-o. — Ralph Ellison escreveu: "Viva com a cabeça na boca do leão."

Então Eduardo rascunhou para Bly o mito de que o Brasil era uma democracia racial. De como cor importava mais do que sangue, e de como pessoas como ele tentavam, quase que instintivamente, mascarar qualquer descendência africana. De como os negros de sucesso fugiam da questão racial. Explicou a ele expressões como "branqueamento" e "melhoria da raça" — os esforços dos negros para, de geração a geração, aproximarem-se dos ideais de beleza e de comportamento dos brancos, desaparecendo em sua sociedade.

Bly, que agora olhava para ele, disse:

— Por aqui o que temos enfrentado, em um sentido próximo a esse, é mais relacionado à classe média negra, que, antes de sessenta e cinco, era desprezível e agora é quatro vezes maior. Mas há um lado negativo. Essa classe média emergente tende a dar as costas à comunidade. Aqui, há esse poder quase irresistível do sonho americano e da opulência do materialismo americano. Desde dezenove setenta e cinco, mais de sete milhões de negros se mudaram para os subúrbios. Muitos escolhem abandonar os membros mais pobres da comunidade, e partir em busca do sucesso. Alguém já disse que é mais fácil encontrar interessados em discutir investimentos, do que em discutir políticas de ação para os negros.

Nesse instante, Eduardo pôde ver a imagem pela qual estavam esperando. O sol do entardecer pendia como um globo escarlate, quase sobre a copa das árvores a oeste. Os pinheiros avivaram-se de um verde sombrio, enquanto um grupo de carvalhos pendurados sobre as rochas da margem tinham suas folhas tingidas com um dourado de reflexos envelhecidos. Acima, as nuvens corriam lentas, como pinceladas coloridas e quentes. O primeiro estalido do obturador se fez ouvir.

— Quando eu o vi pela primeira vez — Bly disse —, e pensei que vinha das Índias Ocidentais, lembra-se?

— Claro.

— Lá, aparentemente, essa questão de tons de pele é semelhante ao que acontece no seu país. Em tempos recentes, muitos negros das Índias Ocidentais têm imigrado para os Estados Unidos, e alguns dizem que eles têm encontrado mais facilidades para se integrar, do que os negros que estão aqui há gerações. Dizem que a atitude deles perante a questão racial é diferente, o que significaria que o problema da má situação do negro aqui seria causado pelas atitudes dos próprios negros...

— É... — Eduardo murmurou, supondo que entendia a comparação. — No Brasil dizem a mesma coisa, que o racismo não é um fator para os brasileiros. Por outro lado, aqueles que tentassem apontar o racismo na sociedade seriam eles mesmos acusados de racismo.

— Desconfio que a falácia é semelhante, nos dois casos, assim como as mesmas estratégias para calar as reivindicações. — Bly observava a paisagem, através da câmera. Eduardo desviou os olhos dele para o que Bly fotografava, e viu que agora o sol descia como uma chama a tocar a copa das árvores, iluminando as lacunas de seus galhos e folhas com um brilho sanguíneo. — Mas o que eu queria dizer-lhe é que, a primeira vez que o vi, tratei-o com alguma desconfiança, por ter pensado que você vinha das Índias Ocidentais.

— Por quê? — Eduardo perguntou.

Bly, sem encará-lo, deu de ombros.

— Penso que às vezes o que tememos mais é aquilo que é semelhante a nós — disse —, mas que parece rejeitar os nossos valores.

Os dois permaneceram em silêncio, enquanto Bly fotografava. Agora a cor do céu por trás das nuvens acompanhava a pôr do sol, e subitamente o canto da margem em que estavam tornou-se um último refúgio de luz dourada, sob o cerco das sombras. Também de súbito Bly removeu a câmera do tripé e a apontou para Eduardo.

— Não olhe para mim — pediu. — Olhe para longe. Isso... Desse modo eu capturo a luz do poente no seu rosto. Vai ficar uma imagem interessante, com a sombra alongada e a rocha colorida pelo pôr do sol. Estou usando filme colorido, desta vez...

O som mecânico do disparador, o estalar do filme sendo girado.

— Eu pensei que você fosse um fotógrafo profissional — Eduardo comentou —, e que viera até aqui para realizar um projeto já acertado...

— É das fotos de paisagens que vem o dinheiro para as outras coisas — disse. — Para os livros, por exemplo, ou para os meus advogados. Mas isso não me impede de dedicar algumas chapas aos amigos.

Eduardo agarrou a oportunidade.

— Conte-me mais sobre o seu processo.

Bly deu de ombros. Desconfiava do seu interesse? Provavelmente.

— Não há muito o que contar — disse. — Kellner fica emperrando o processo com manobras legais. Mudando de corte, de um condado para outro, pedindo a revisão dos procedimentos...

Eduardo podia sentir o peso do olhar do outro. Devolveu o olhar.

— Conte-me a respeito de como os Kellners roubaram as terras de sua família.

Bly começou a guardar o equipamento. Eduardo levantou-se e desceu do seu poleiro, para ajudá-lo.

— Não quero parecer um espião de Kellner — disse.

Bly deu de ombros. A câmera foi para o seu estojo de couro, e com o tripé, para o banco de trás do Camaro. Mas Bly não fez menção de entrar no carro.

— Eu respeito você, Eduardo, pelo conflito por que está passando, na descoberta da sua condição de homem negro. — Apontou para o lugar em que Eduardo estivera sentado. Tirou do bolso da capa o Zippo e o maço de cigarros. — Vamos conversar um pouco.

Sentaram-se. Daquele ponto via-se que o sol, quase no horizonte montanhoso, deitava reflexos sobre as corredeiras. Mesmo o borrifo das águas parecia uma névoa enganosamente morna, vaporosa como o hálito de um dragão. O crepúsculo trouxe mosquitos, com as sombras, mas Eduardo não se incomodou com eles. Refletia sobre o que Bly acabara de lhe dizer.

Bly removeu o boné dos Lakers e fez correr o pulso rosado da mão direita sobre o domo lustroso de sua calva — um gesto peculiar. Recolocou o boné e acendeu um cigarro.

— O que posso lhe contar afinal, que Kellner já não saiba? — começou, depois de guardar o isqueiro e dar uma primeira tragada.

— Kellner não tem confidenciando nada a mim ultimamente... — Eduardo ironizou. — Mas conte-me primeiro o que pensa sobre o conflito de que falou. E por que me respeita. Afinal, eu também devo cair na categoria de alguém que "é semelhante, mas que pode rejeitar os seus valores". Eu nem mesmo sei que valores assumir, no que diz respeito a raça...

— É justamente nesse aspecto que eu gostaria de tocar. — Bly soprou fumaça, para espantar os mosquitos. — A maioria dos intelectuais negros de hoje se moveu para além da questão da negritude. Passaram a investigar o que significa ser um negro dentro da estrutura da sociedade americana. Eles não buscam mais uma política de *identidade* negra, não pensam mais em termos de definir uma *essência* do que é ser negro. — Sorriu. — As essências caíram de moda, no pensamento universitário...

"Bem, o que é aceito agora é a noção de que as identidades podem ser transformadas pelo indivíduo. Ele pode se reinventar e então escapar da herança vitimizante do seu passado, ficando livre para buscar políticas aplicáveis dentro do contexto da sociedade maior, para o benefício da sua minoria. Para esses intelectuais, raça é uma questão central dentro da experiência americana, a ser atacada politicamente."

Eduardo refletiu sobre o que ouvia. Bly acreditava nisso, ou discordava? Na primeira conversa que tivera com ele, Bly havia dito algo como, "estou preso neste lugar em que nenhuma identidade pode ser improvisada, por alguém como eu". Alguém que tinha tanto de sua história pessoal e familiar ligada à experiência do negro nos Estados Unidos, poderia assumir tal neutralidade, e imaginar reconfigurações de identidades?...

Eduardo disse:

— Mas eu ainda estou na primeira fase, procurando entender a essência de ser negro. É isso o que você quer dizer?

Bly concentrou-se em seu cigarro por um segundo.

— Há coisas potencialmente perturbadoras nessa busca. Segundo o que você me contou, o processo de branqueamento na sua família começou ainda durante a escravatura. Isso significa que o primeiro passo na mistura de raças que resultou em você foi um ato de violência... O estupro de uma mulher negra.

Eduardo baixou a cabeça.

— Eu nunca havia pensado nesses termos... — murmurou.

— Esse é apenas um dos fatos perturbadores que terá de encarar, em sua busca. Você acredita que está preparado para eles?

— Penso que vou ter que reagir a eles — respondeu — conforme forem aparecendo.

Bly soprou mais fumaça, afugentou com a mão livre um mosquito que havia pousado em seu rosto.

— David Bly de repente escolheu, ainda jovem, explorar uma outra identidade. Era o mais velho da família, e seus irmãos acharam que ele queria se esconder das dificuldades de ser um negro no fim do décimo nono século. Mas quem somos nós para julgar? O fato é que ele se voltou para o lado nativo-americano da família, para as origens de Ophelia Silent Owl. Passava muito tempo entre índios no Oregon, chegou a ser iniciado como xamã ou algo assim, entre eles... Seus irmãos chamavam a isso de "bruxaria" e repreendiam-no. — Riu baixinho, como se achasse graça da ingenuidade de seus tios-avôs. — Quando não estava com os índios, estava metido na floresta. Dizia que buscava uma nova jazida de ouro, mas o que o resto do pessoal suspeitava é que ele ia para lá fazer "coisas de índio" e encontrar-se com os amigos peles-vermelhas.

"Como eu disse, quem somos para julgá-lo? O que ele pode ter encontrado na cultura dos índios, que o motivava, que o fazia se sentir maior do que as limitações do seu tempo e lugar? Uma outra *essência*?..."

Havia um misto de ironia e de genuína curiosidade, em sua voz.

— E é com ele que chegamos à sua pergunta — prosseguiu — sobre a ação entre os Kellners e eu.

"David estava desaparecido, já por vários meses, quando o velho William Kellner produziu um documento de venda da mina da família, lá em cima na floresta. Um documento de cessão, na verdade, pois David Bly teria uma dívida de jogo com ele. Kellner apareceu na corte com três testemunhas..."

Eduardo reprimiu um sobressalto. Seria a *mesma* mina? Aquela na qual Rino havia se recolhido, na noite de sua primeira aparição?... Bly ainda falava:

— A mina e as terras em torno dela eram tudo o que restava à família, então meus pais se mudaram para Sacramento, para ficar próximos de alguns parentes. Eu, retornando de Los Angeles, encarreguei-me dos processos judiciais, que nós iniciamos décadas após Kellner ter produzido o documento...

— Por que esperaram tanto tempo? — Eduardo perguntou, sem entender.

— Não esperamos. Já tínhamos desistido da mina, quando encontramos outros documentos de posse, em Sacramento.

"Não estamos falando apenas da mina, mas da área adjacente. Com toda a questão ambiental a respeito da floresta em que a área fica, todas as atividades mineradoras estão suspensas. Não há muito o que tirar mais dali, então não sei o que motiva Gordon Kellner a insistir com o processo. Talvez tudo tenha sido um modo de nos expulsar de South River... Exceto por essa lenda de que meu avô teria, enfim, descoberto um veio secreto de ouro.

"Na família, alguns pensam que a lenda foi um meio de David aumentar o valor da terra e enganar William; outros que ele teria fugido com o mapa, em busca de financiamento em Sacramento ou outro lugar qualquer, e que teria sofrido um acidente ou sido morto no caminho. O fato é que a família não ficou nada feliz com o seu desaparecimento, que marcou a perda das terras..."

— William Kellner teria falsificado o documento de cessão? — Eduardo perguntou.

— Sim, por que não? O que queremos provar hoje é a falsidade desse documento, e que David sozinho não poderia ter vendido ou cedido terras que pertenciam também aos seus irmãos.

Ele olhou para o relógio de pulso. As sombras já haviam alcançado os dois, e Eduardo não esperou que ele lhe dissesse que era hora de ir para casa.

Mas Bly permaneceu ali por um minuto mais, terminando o cigarro, coçando a barbicha com o dorso da mão.

— Espero que você encontre o que procura — disse —, seja lá o que for.

Eduardo esperava que sim. Encontraria a sua "essência", ou fabricaria para si uma identidade que lhe permitisse operar com sucesso dentro da sociedade americana? Não era isso o que Bly lhe havia dito antes, sobre o sonho americano? E então, quando voltasse ao Brasil, criaria outra, para operar em seu país... Mas talvez encontrasse o que Bly parecia negar ou suspeitar não existir — uma identidade que o fizesse se comunicar com as experiências de outros, aqui e lá, e ainda assim sentir-se sólido e inteiro dentro de si mesmo. Tudo o que queria era fazer cair as máscaras, observar o que havia de fato por trás delas.

Lembrou-se então de Rino e se perguntou, assustado com a idéia: *E se a "essência" é que estiver atrás de mim?*

5

A porta de acesso do interior da casa até a garagem estava fechada com um cadeado — que Eduardo arrombou com a chave-de-roda do Camaro. Mais tarde substituiria o cadeado.

A Faro Softwares era uma empresa de computação — as chances eram de que o material guardado na garagem da casa fosse composto, em parte, de computadores. Foi exatamente o que Eduardo encontrou, em caixas de papelão cuidadosamente lacradas com fita adesiva: computadores e monitores, cabos e impressoras de uma geração anteriores de máquinas, mas que com um pouco de sorte ainda poderiam ser usadas. A quantidade de equipamento era impressionante. Estava claro que a empresa havia superdimensionado as suas capacidades. Pelo jeito, depois que a isca para atrair outras empresas da área para a South River deixou de ser mordida, a Faro teve de alugar parte das suas instalações, e na certa ficou sem espaço sequer para guardar as máquinas suplementares ou as que foram substituídas com o tempo.

Eduardo levantou uma caixa nos braços e foi para dentro da casa.

Não queria que a empresa tomasse conhecimento do que pretendia fazer. Qualquer funcionário que passasse pela rua poderia ver a luz do monitor, se ele se instalasse no quarto ou na sala de estar. A menos que a confundisse com a luz do aparelho de televisão na casa da empresa, mas Eduardo não queria correr riscos — que incluíam, a propósito, ser metralhado por Smith e seus amigos, a partir da rua. Pensando nisso foi até os fundos e largou tudo sobre a mesa da cozinha. Fez várias viagens da garagem, carregando diversas máquinas diferentes, na esperança de que uma delas funcionasse e tivesse a capacidade de processamento de que precisava. No ínterim, descobriu que muitas caixas abrigavam centenas de disquetes e relatórios impressos. Pensou em sondar o que continham, mas sua prioridade no momento era examinar os disquetes que trouxera secretamente da empresa. Marlin Davis não o havia incomodado mais, e ele achava que o supervisor não teria percebido a saída dos disquetes.

Conseguiu montar uma máquina de boa capacidade e levou o material que sobrou de volta. Apanhou uma garrafa de cerveja na geladeira e finalmente sentou-se, suado com toda a trabalheira, diante do monitor. Inseriu o primeiro disquete e deu início ao trabalho. A máquina travou três vezes e teve que ser reinicializada. Munido de alguma paciência, Eduardo começou a compreender do que se tratava o programa de defesa que lhe fora impingido.

Conhecia bem a maior parte dos programas piratas do tipo troiano em circulação. Mesmo numa formatação em linguagem de baixo nível, ele identificava os principais padrões. Uma habilidade peculiar — que beirava a genialidade, segundo os seus professores de Matemática na Escola de Sargentos —, esse seu poder de identificar padrões complexos. Por meio dele é que conseguira o trabalho na filial da Faro em Campinas, e mais tarde a posição na matriz... E agora exigiam que o empregasse neste negócio arriscado.

Esta era uma versão sofisticada mas concebida com alguma pressa, do perigoso SubSeven, uma família de vírus que facultava aos *hackers* usarem e abusarem dos sistemas infectados. Podia chegar via ICQ, *e-mail* ou por uma rede IRC. Uma vez que o vírus estivesse instalado, ele dava ao *hacker* controle total das operações do sistema hospedeiro. Era como se alguém situado há milhares de quilômetros tivesse um controle remoto de tudo o que o computador infectado realizava. Eduardo teve calafrios só de pensar no que poderiam fazer com esse tipo de controle. Os *hackers* subornavam pessoas em cujos PCs haviam encontrado dados comprometedores, ou sabotavam operações e trabalhos em andamento.

Eduardo podia imaginar muito bem as razões do Departamento de Defesa dos Estados Unidos para desenvolver uma praga dessas, um instrumento de espionagem dessa espécie, mas havia algo de peculiar nesta versão do SubSeven, que ele ainda não conseguira entender. A sua qualidade de discrição no sistema infectado seria sem precedentes. Não haveria sistema antivírus que o detectasse plenamente, ao mesmo tempo em que ele parecia ajustado para realizar um tipo muito especial de intervenção automática, pré-programada.

O dia começou a amanhecer. Eduardo ainda se encontrava bem longe de descobrir do que se tratava. Rapidamente foi para cama, sem escovar os dentes ou cobrir o computador. Com sorte, dormiria umas três horas, antes do despertador tocar.

Mas apesar do cansaço acumulado e das inquietações que a conversa com Seymour Bly lhe haviam provocado, não conseguiu dormir. O tempo todo os seus questionamentos estiveram vivos, pulsando por trás do seu esforço em decifrar o enigma do programa troiano. Agora, deitado, sozinho com seus pensamentos, eles tomavam o primeiro plano. Levantou-se e retornou à cozinha. Não teve tempo de se sentar à mesa, porém. Um ruído no quintal chamou sua atenção.

Apagou a luz da cozinha e abriu lentamente a porta dos fundos.

Lá estava Rino, parado diante do Camaro, tão grande quanto o automóvel, quase tão pesado quanto ele. Eduardo pouco duvidada de sua existência agora, não depois do rinoceronte ter derrubado os dois traficantes de drogas e dado a ele a chance de escapar com Sasha. Mas aceitar a sua presença não lhe dava nenhum vislumbre das razões do fenômeno. O que a criatura queria com ele agora?

Era isso o que Eduardo estivera esperando — que a aparição se manifestasse mais uma vez. O tempo todo, soubera que Rino viria buscá-lo novamente. Estava apenas em pé ali, no ar frio, olhando para frente e pateando a pata dianteira esquerda.

Então coisas começaram a cair sobre as suas costas. Eram enormes...

Não "coisas" — *corujas* pousando ali, como aqueles pássaros das savanas que comiam os parasitas do couro dos rinocerontes. Só que essas corujas não bicavam as costas de Rino. Suas asas castanhas, de quase um metro de envergadura, desciam sobre ele como mantos, e as aves apenas ficavam lá, as cabeças pequenas voltadas para Eduardo. *Uh-uh, uh!*, piou uma delas, timidamente, e então calou-se. Eram cinco ou seis, talvez, e seus olhos imensos refletiam a luz que chegava ao quintal vinda da rua e das casas vizinhas. Dez ou quinze faróis esverdeados pregados nele, dois ou três pares piscando a cada segundo, mas cada par de olhos varava a sua alma com um pedido que ele não sabia se podia acatar.

Talvez fosse tão inútil quanto tirar Sasha das mãos dos traficantes. Tão inútil quanto à resistência armada dos índios modocs. Pensou em dizer isso a Rino e às suas amigas, mas não teve coragem. Todos os aqueles olhos, implorando...

Na manhã seguinte Eduardo apanhou sua mochila de viagem, colocou nela uma muda de roupa, e foi para a Faro com o Z/28, estacionando-o ao lado de *suburban vehicles*, BMWS, e do Jaguar do patrão. Precisava da mobilidade, e uma vez no escritório, tendo chegado dez minutos adiantado, recorreu a quase todo o suprimento do horroroso café que os americanos consumiam, para continuar acordado.

Tendo dado uma boa olhada no programa durante a madrugada, tinha noções muito precisas de onde atacar os primeiros *glitches*, assim que Davies apareceu à porta da sala, com a pasta debaixo do braço. Eduardo conferiu o seu conteúdo — o de sempre, e nada da cópia do contrato com o Departamento de Defesa ou relatório algum a seu respeito.

Trabalhou com certa intensidade até quinze minutos antes da hora do almoço. Deixou a pasta na mesa de Davies e disse-lhe que precisava sair um pouco mais cedo, para cuidar de certos assuntos.

— Notei que alguém tem ligado para você, no trabalho — Davies o inquiriu. — A sua carona?...

— Não. Tenho feito algumas compras, e uma das lojas me ligou para me perguntar quanto ao crédito — mentiu. — Ainda não estou completamente instalado, você sabe. É por isso que preciso sair um pouco mais cedo agora.

Precisava sair para comprar uma câmera fotográfica. Não um aparelho profissional como a de Seymour Bly, porém. Adquiriu um desses caros aparelhos digitais. Por sorte tinha o dinheiro do bônus prometido por Kellner para pagá-la, quando viesse a fatura do cartão de crédito na virada do mês.

Em seguida foi ao Centro Jedediah Smith apanhar a bibliografia preparada por Libby McMannis. Desta vez ela não recepcionava os visitantes no salão de exposições, mas trabalhava por trás do monitor, digitando lentamente, óculos de lentes estreitas pendurado no nariz fino e comprido. Ao invés de lhe dar uma folha de papel com a bibliografia, como ele esperava, Libby lhe passou uma pilha de volumes já separados. Ele só precisou formalizar o seu cartão de biblioteca, para levá-los. Ela arqueou as sobrancelhas, ao saber que ele estava instalado em Upper Valley. Não eram muitos títulos, quatro apenas.

Do próprio centro ele ligou para Jennifer, na central de polícia, mas não a encontrou lá. Melhor assim. Iria procurá-la em seu apartamento, depois do expediente.

Tinha saudades.

Antes de voltar para o escritório, pediu um expresso e um sanduíche em uma lanchonete próxima. Folheou os livros. Havia textos produzidos por historiadores locais, mas também compilações de lendas e folclores a respeito de Jedediah Smith ou sobre os costumes dos índios que viveram na região, antes e depois da caravana de William Kellner. Em um dos textos, deparou-se com a fonte da notícia de canibalismo entre a gente da caravana perdida — os sobreviventes tinham sido encontrados por um outro grupo de aventureiros vindos do leste, e levados até um lugar seguro por um guia mais experimentado. Seu testemunho escrito informava que, na verdade, ele tinha apenas lhes apontado o caminho. Não queria nada com eles.

Eduardo chegou à empresa meia hora atrasado, mas desta vez Davies não estava lá para incomodá-lo. Aproveitando-se disso, saiu meia hora mais cedo. Não foi direto ao apartamento de Jen. Ela lhe havia dado uma cópia da chave, para que tivesse onde se esconder se os caras do Chevelle aparecessem outra vez. Antes de ir para lá, porém, parou em uma floricultura.

Os dois se encontraram à porta do prédio. Eduardo sentiu o fôlego escapar de seu peito — era como se estivesse vestindo há tempos uma camisa de força, removida no instante em que viu Jen sorrindo para ele. Os dois se aproximaram, abraçaram-se e impetuosamente Jen despetalou metade das rosas, sem dar tempo de Eduardo tirá-las do caminho. Trocaram um longo beijo, colados um ao outro sobre um amontoado de pétalas, e subiram de mãos dadas os degraus.

— Quer me ouvir dizer outra vez que a amo? — ele perguntou, assim que fecharam a porta do apartamento.

Jennifer cobriu o rosto com as mãos e deu as costas para ele. Suas palavras saíram entrecortadas por um soluço.

— Você não vai ficar aqui para sempre! — Voltou-se para ele: — Quando termina o seu contrato de trabalho?

— Em três anos — Eduardo se forçou a responder. — Mas as chances são de que eu seja dispensado mais cedo do que isso.

— Por quê?

— Há um problema na firma...

— Mas pode conseguir um *green card* permanente se... — Jen começou.

— É cedo para falarmos nisso. Mas eu amo você, pode estar certa.

Em resposta, Jen se aninhou contra o seu peito.

O amor que fizeram foi marcado por inédita ansiedade e lentas explorações. Permaneceram em silêncio a maior parte do tempo, e Eduardo deixou o apartamento também em silêncio.

Uma vez atrás do volante do Camaro, dirigiu até um posto de gasolina para encher o tanque. Então a uma lanchonete do tipo *drive in* para tomar mais um café expresso e comer alguma coisa. Havia poucos carros na rua a essa hora, perto das onze da noite.

O queixo envolto pelo calor que emanava do líquido escuro, Eduardo pensava em Jennifer, em como o escuro de suas mãos contrastava com a palidez de sua pele feminina. Em nenhum momento, durante o tempo partilhado na cama, sofreu a intrusão dos pensamentos que tivera no restaurante, a idéia de que o ato a maculasse de algum modo, tendo-o como o agente da sua degradação. Ao contrário e apesar de haver muito de intensa inventividade no sexo que fizeram, houve nele uma certa pureza daltônica, protegida no sentimento de que se davam um ao outro concentrados apenas um no outro, o mundo permanecendo fechado do lado de fora das quatro paredes.

"Jennifer..." pensou, e o pensamento era um gemido de saudades sofridas pelo corpo e o espírito. Saudades pequenas dos momentos recém-vividos, sentidas por um corpo que simplesmente queria mais, e saudades antecipadas por saber que não poderia tê-la por muito mais tempo.

Eduardo dirigiu o Camaro para o norte, pensando em sair da cidade. Seus olhos procuravam pelo rinoceronte-negro a cada esquina.

Seguia a alameda arborizada em baixa velocidade, ainda esperando que o animal-de-sonho aparecesse. Não era assim que os índios chamavam os animais que apareciam em seus sonhos, anunciando portentos ou os nomes que adotariam? *Dream-beasts*, segundo um dos livros emprestados por Libby McMannis. Era isso o que Rino era... ou... *Não.* Algo mais, qualquer coisa que Eduardo podia ver apenas sob a forma de um rinoceronte-negro, mas que as outras pessoas somente vislumbravam, pressentiam. Ele o seguia e podia intervir nas situações — à sua escolha e por razões próprias, certamente... Mas como podia garantir que a forma do rinoceronte não seria apenas a forma que sua mente dava a um fenômeno outro, algo ainda mais estranho, mais alienígena a tudo o que ele conhecia ou supunha existir?

"*Nada* poderia ser mais estranho do que isso", pensou.

Pelos retrovisores viu um Chevy Nova amarelo dobrar uma esquina e entrar na alameda com ele. Era uma *street machine*, como podia ver pelos largos pneus traseiros aparecendo além da linha dos pára-lamas. O carro acelerou e veio alcançando o Camaro rapidamente. Agindo por instinto, Eduardo acelerou um pouco e vigiou pelos espelhos o outro carro.

Os faróis de um terceiro veículo surgiram à distância, atrás do Nova, permitindo que Eduardo reconhecesse rapidamente a silhueta de três cabeças e um objeto comprido sendo colocado para fora da janela do Chevrolet. O terceiro carro entrou numa rua transversal. Sem a ajuda dos seus faróis, não pôde dizer com certeza o que era a forma alongada. Não precisava de comprovações, porém. Assim que o Camaro chegou ao próximo cruzamento, Eduardo pisou no acelerador e mudou a marcha — o automóvel projetou-se adiante e para a esquerda, cruzando a frente do Nova. Eduardo deu mais uma boa olhada e viu que, para atirar nele, o sujeito que projetara o cano da espingarda para fora da janela direita do banco do passageiro teria que estourar o pára-brisa do próprio carro.

Mas o Nova ficava rápido para trás enquanto Eduardo pisava mais fundo no pedal do acelerador e trocava a marcha para uma quarta, um olho no marcador de RPMs. O motor se manifestou com um rugido ensurdecedor e um assobio soprado pelo *blower*... Ouviu os gritos dos pneus traseiros rasgando-se contra o asfalto. A aceleração fez suas costas e a cabeça colarem-se contra o banco. Suas mãos giraram o volante para um lado e outro até que o carro estivesse controlado e os quarteirões começassem a passar ao seu lado como grandes manchas de luzes e cores. Seus olhos caíram sobre o marcador de velocidade, 100 milhas, 120... Não ousava ir mais rápido. Pelo retrovisor os faróis do Nova muito ao longe — mas crescendo.

Eduardo deixou que a velocidade caísse para cento e cinqüenta quilômetros por hora. Queria se concentrar no carro que o perseguia, e não na paisagem que surgia como um borrão diante dele. O Nova aproximou-se. Eduardo considerou o que fazer — entrar em uma das ruas que afluíam da avenida, acelerar à toda na esperança de deixá-los para trás? Preparou-se para pisar no acelerador, mas talvez agora não tivesse mais tempo para fugir. A espingarda espalharia a sua carga de chumbo pelo ar até o vidro traseiro do Camaro...

Olhou para frente e pisou no acelerador. Então viu alguma coisa projetar-se do outro lado da avenida — uma forma rotunda e enorme. Piscou e viu que era Rino. Rino pregado em sua retina — a longa cabeça abaixada, o chifre mais longo a centímetros do chão, como o limpa-trilhos de uma locomotiva.

O Z/28 passou por ele e o corpo do rinoceronte meteu-se entre os dois carros.

O Nova guinou para dentro da avenida e rodou sobre o próprio eixo. Eduardo o percebeu como uma forma amarelada semi-oculta pela nuvem de borracha queimada iluminada de dentro pelos faróis. Acelerou mais e deixou-o para trás.

Quando o Camaro passou por uma depressão e a luz dos faróis do Nova desapareceram, Eduardo meteu o pé esquerdo no freio e na embreagem e o direito no acelerador, para manter a alta rotação. A alameda terminava bem ali e ele lutou contra a força da inércia, amparado pelas correias duplas do cinto de cinco pontos, obrigando o pesado automóvel a frear e girar para a direita e, Eduardo, ao soltar o freio e a embreagem, o fez saltar como um gato preto para dentro de uma rua transversal.

Correu por duas quadras, entrou à esquerda, depois à esquerda de novo e para a direita agora, rezando para que o Nova tivesse perdido a sua pista.

Prosseguiu assim até perceber que havia finalmente deixado a cidade para trás. Não havia nenhum movimento na avenida em que vinha rodando. Nem sinal do Nova com os quatro homens e a espingarda em seu interior. O pescoço de Eduardo doía por causa das manobras efetuadas antes, e suas mãos tremiam no volante. Tinha *corrido* então, experimentado a emoção brutal da velocidade, sentido o que os 650 cavalos do Camaro podiam fazer. E saíra vitorioso.

Seu corpo pesava, agora. A adrenalina fora metabolizada toda, e medo e cansaço tomavam conta dele. Estacionou cuidadosamente o carro atrás de uma grande árvore que crescia no acostamento, e esperou.

Esperou que os assassinos enviados por Shaun e Doug aparecessem no seu Chevy Nova — ou que Rino viesse unir-se a ele.

Algum tempo se passou e nenhum dos dois veio. O único ruído que ouviu foi o barulho distante de um dos F-15s de que Jennifer lhe falara, num vôo noturno sobre a floresta. Seu relógio de pulso mostrava meia-noite e vinte. Talvez Rino demorasse mais. Ligou o rádio, mas manteve os olhos atentos na pista.

Rino surgiu da floresta ao seu lado. Soubera o tempo todo que ele viria, e ele não o decepcionara.

Precisava do rinoceronte para encontrar o caminho.

Quando o animal bufou e trotou para dentro da pista, Eduardo deu partida no carro e seguiu-o. O caminho para a mina abandonada — a mina da família Bly? — estaria bloqueado pelos homens da polícia, na sua campana de vinte e quatro horas contra os corredores. Eduardo precisava de um atalho.

Rodou lentamente atrás do corpanzil de Rino por uns dez minutos, e então o rinoceronte se enfiou na mata. Por ali ele mal podia passar com o automóvel. E, como suspeitava estar bem próximo da entrada conhecida, orientava-se apenas com farol baixo, para não denunciar sua posição aos policiais.

Passou por entre os troncos de pinheiro e então as árvores se distanciaram e se encolheram no espelho retrovisor. O carro rodava por uma depressão, porém. A ravina terminada em um regato. Havia muitas pedras e os pneus escorregavam e a suspensão sacolejava. Mais adiante, mal iluminada pelos faróis, erguia-se nova muralha de árvores. O terreno também se elevava. Adiante dele, o rinoceronte esforçava-se para subir a inclinação, seu fôlego aos bufos formando nuvens no ar frio. Ao sopé do morro, Eduardo não podia ver o cume. Puxou o freio de mão, abriu a porta e saltou do carro por um breve instante. A silhueta de Rino o esperava lá em cima, feito uma rocha enorme erguendo-se sobre quatro colunas curtas.

Voltou para o carro. Em primeira, os pneus deslizando na grama que cobria o morro, mas o Camaro avançou. Se perdesse a tração rolaria lá para baixo e terminaria de rodas para cima no fundo do riacho.

O carro progrediu colina acima. Os pneus traseiros vacilaram em um momento ou outro, mas mantiveram-se firmes. Talvez a inclinação não fosse tão acentuada quanto ele pensara, ou o tanque cheio servia de lastro...

Logo chegava ao alto. Rino esperava-o ali, soprando nuvens brancas mais densas do que as que deixavam o escapamento do automóvel. Estavam tão perto um do outro que, pela janela aberta, Eduardo podia sentir o cheiro penetrante do animal. Olhou para além do rinoceronte e percebeu que a ravina pela qual Rino o guiara era velha conhecida. Ao seu redor as árvores antigas cerravam fileiras, e ali estava a ponte de madeira. A estrada prosseguia adiante, mais estreita, levando até a floresta e à mina abandonada.

Rino imediatamente virou-se, girando como um peão, surpreendentemente ágil para o seu tamanho e peso, e começou a descer a estrada.

Eduardo não pisou no acelerador. Ao contrário, puxou o freio de mão e apagou os faróis. Nesse instante, apenas uma canção, tocada em baixo volume no rádio, fazia-lhe companhia. Olhou em torno mais uma vez. Não conseguia ver nada além das luzes de South River acendendo em amarelo as nuvens que sobre a cidade pairavam. Correndo os olhos pelas árvores à sua volta, não enxergou nada que sugerisse a presença dos policiais. Tornou a ligar então os faróis baixos e deixou-se rolar para o centro da estrada. Em um minuto alcançou o rinoceronte, que trotava indiferente, como se não se importasse de ser seguido ou não.

Os dois assim prosseguiram, e Eduardo sentiu outra vez o misto de curiosidade e medo, sua estranha ligação com a besta-sonho e todas as dúvidas diante do desconhecido que ela representava.

Animal e automóvel passaram por um veado fêmea e um filhote à beira da estrada, iluminados pelos faróis e pelas luzes de ré, olhando-os e sentindo-os com olhos e narinas muito abertos e pernas trêmulas. Será que podiam ver o monstro animal alienígena que invadia a sua floresta, ou era apenas o carro que perturbava as suas andanças?

Alcançaram a entrada da mina. Rino penetrou nela sem olhar para trás.

Sem saber de onde vinha a certeza, Eduardo soube que deveria segui-lo, e entrou cautelosamente com o Camaro no túnel escuro. Os faróis agora altos iluminavam o esqueleto de baleia representado pelas vigas de sustentação, e todo o entulho abandonado ali com a retirada da tropa de mineiros, restos de órgãos mortos. Enquanto ele olhava em volta, o rinoceronte desapareceu por entre as sombras das vigas projetadas pelos faróis. Não havia mais por onde avançar, com o caminho adiante bloqueado por tambores de óleo, vagonetes virados e caixas de madeira empilhadas. Eduardo deteve o carro e desligou o motor.

Fazia frio, mesmo no interior da montanha. Eduardo saltou do carro, abriu o porta-malas e retirou de lá a lanterna e a câmera digital. Pendurou-a, em seu estojo com correia, em torno do pescoço.

Ouviu o bufar do rinoceronte. Com a lanterna acesa, contornou os obstáculos e avançou túnel adentro. Mais um relinchar e o som de pedras rolando o guiaram na direção em que Rino estava.

Não obstante, teve que apontar o facho da lanterna para diversas galerias que se ramificavam a partir do corredor de entrada. Ao contrário das minas modernas, esta parecia não ter poços que levassem a níveis inferiores, apenas rampas. Checava perfunctoriamente quais galerias eram pequenas demais para dar passagem ao rinoceronte. O que chamou sua atenção para a galeria correta foi a nuvem de pó que se materializou diante da luz projetada. "O Rinoceronte virou uma toupeira..." Eduardo pensou. Podia ouvir o bufar do animal. Devagar, entrou na passagem. Logo começou a tossir.

— Pra que isso? — disse, engasgado.

A luz da lanterna tocou a figura do rinoceronte, que recuou dois ou três passos. Eduardo aproximou-se mais. A poeira parecia entupir sua garganta, seus olhos lacrimejavam.

— O que você quer qu'eu veja?

A lanterna em sua mão fazia o facho de luz subir e descer, agitar-se da esquerda para a direita. Um brilho capturou seu olhar. Chegou mais perto da fonte do reflexo. Tropeçou em pedras soltas. Endireitou-se. Dobrando as costas, apanhou um objeto de metal do chão. Parecia uma velha lancheira ou estojo de metal — um metal que antes fora brilhante como alumínio, mas que agora apresentava incrustações de poeira e de ferrugem. Mas ainda tinha superfícies reflexivas o bastante para denunciar-se à luz da lanterna. Eduardo apontou-a para a área em redor. A poeira assentava. Havia uma depressão junto ao ponto em que a parede de pedra se encontrava com o piso da galeria. Por toda a volta havia pedras soltas, restos, talvez, do entulho de mineração que não fora levado de vagonete para fora.

"O que fazer agora?..." perguntou-se. Dando de ombros, empunhou a câmera e tirou uma fotografia do estojo de metal, onde ele jazia.

Rino marchou até o ponto em que Eduardo estava, e bufou. Nunca estiveram tão próximos. Parecia querer que Eduardo lhe desse passagem. Foi o que fez, mas não sem antes guardar a câmera e enfiar a descoberta debaixo do braço e em seguida correr a mão livre pelo couro áspero do seu flanco, sentindo-o quente e trêmulo de vida, sob o seu toque. As placas coriáceas, enrugadas, as costelas por baixo, a cauda curta e peluda na ponta, atingindo levemente os seus dedos, quando Rino passou por ele e a abanou...

Nada poderia ser mais concreto, mais certo de sua existência e mais digno de pertencer a este mundo.

Tossiu um par de vezes, e seguiu o rinoceronte-negro para fora da galeria, até o corredor principal. Ficou de cócoras enquanto Rino se afastava devagar, mais para dentro do corredor. Colocou o estojo de metal no chão e a lanterna ao seu lado, apontada para ele. Nervosamente, ajustou a correia da câmera e limpou as mãos nos joelhos dos *jeans*, antes de abri-lo. Tinha delicadas dobradiças e uma fechadura rudimentar, enfraquecida pela ferrugem. Eduardo não teve dificuldade para parti-la com uma pedra.

Dentro havia uma folha de papel amarelado. Inclinando-o para a luz, Eduardo enxergou as linhas rabiscadas — um croqui, com a mina e a elevação em que ela fora aberta claramente representadas. Uma seta apontava para um ponto em especial, do lado oposto mas posicionada um tanto para noroeste. Ao lado da seta via-se escrito, "*here!*" No pé da folha havia uma data — 5 de março de 1888 — e uma assinatura. Eduardo esforçou-se para decifrá-la: *David Bly.*

Com dedos trêmulos, tornou a dobrar a folha e a colocá-la dentro do estojo. Olhou em torno. Onde estava Rino? Estendeu a mão para a lanterna, esbarrou nela e lançou-a girando pelo chão da mina, sua luz correndo a esmo pelas paredes. Apanhou-a e apontou-a na direção em que o rinoceronte partira. Não o viu. Levantou-se e caminhou para lá.

— Ei! — gritou. — O que mais, agora?

Sentia que Rino não tinha terminado ainda.

Calou-se e respirou fundo. Ouvia alguma coisa? Sim, mais adiante... Outro som de pedras rolando.

Teve que caminhar um bocado, enfiando-se cada vez mais fundo na mina, agora tropeçando por um plano inclinado. Iluminava galeria após galeria, a procura do rinoceronte. Apenas o ruído do trabalho de Rino indicava se estava perto ou longe, e agora havia um eco, um batuque repicado de pedras rolando, chocando-se umas com as outras... Confuso, prosseguiu iluminando cada canto escuro.

Então Rino saiu de uma estreita galeria — uma entre tantas, só mais um buraco no coração da montanha, mas que lhe pareceu ser o seu recesso mais distante, mais oculto.

Bufando, postou-se do lado de fora, como se esperasse que Eduardo entrasse e visse o que quer que havia para ser visto, com os seus próprios olhos.

Mas desta vez Eduardo hesitou.

Um pressentimento...

Não ia gostar de ver o que havia ali dentro.

Pelo jeito, a escavação de Rino não danificara muito do cadáver. Da múmia que jazia ali, pele e músculos ressequidos preservados pelo ar seco da mina. Um homem, ainda vestindo farrapos, botas carcomidas calçando seus finos tornozelos mumificados. O crânio ainda com fiapos de um cabelo curto e sem cor. Pálpebras muito abertas, revelando cavidades murchas e vazias. Este homem não havia falecido em paz — mesmo os traços chupados em seu rosto denunciavam o horror, na hora da morte.

Eduardo observou o seu corpo, com ajuda da lanterna. Tanta poeira o cobria, que não podia dizer qual seria a cor de sua pele — mas fazia uma boa idéia de quem seria. A poeira também cobria qualquer sinal de ferimentos.

Esperou que o pó levantado pelo rinoceronte baixasse. Muniu-se mais uma vez da câmera, fez várias fotos, de diversos ângulos, o *flash* explodindo e ofuscando-o seguidamente.

Ao deixar o buraco, não viu mais sinal de Rino. Agora, porém, soube que a tarefa do rinoceronte fora cumprida.

Caminhou de volta, retraçando seus passos, temendo perder-se. Mas não foi difícil ganhar novamente o corredor principal, nem retornar ao Camaro aguardando-o junto à entrada.

Foi outra vez até o porta-malas e apanhou o cobertor que, previdente, havia guardado ali.

Era um local estranho para o repouso de que necessitava, mas não tinha outra escolha senão ir para o banco traseiro e acomodar, o melhor possível, seus um metro e setenta e cinco no estreito espaço. E torcer para que nenhum morcego entrasse pelas janelas baixadas.

Pensou nos homens no Nova amarelo. Pensou no cadáver de David Bly, exumado pelas patas do rinoceronte. E no mapa da mina... O mapa que levava a um outro veio, oculto do outro lado da montanha, mas provavelmente ainda pertencendo às terras dos Blys. Pensou que ali, no espaço escuro da caverna, lendas tornavam-se realidade, assim como visões e suspeitas.

Que visões David Bly tivera, ao passar pelos rituais indígenas? Teria ele se isolado em jejum nas montanhas, com frio, para sonhar com uma águia — apenas para ver um leão? Pensando que um urso seria a sua *dream-beast*, mas vendo um elefante? Imaginando um alce, surpreso com a zebra diante de seus olhos de sonho?

Ou teria vislumbrado, enquanto caminhava pelas ruas das cidades do homem branco, a sombra do puma, as garras do texugo, a chamá-lo para longe, para a floresta de sequóias gigantes?

Como saber que criaturas de sonho o chamavam, o que ele viu aqui, neste buraco escuro, na hora de sua morte?...

Então pensou nos veados à beira da estrada, e refletiu sobre o lugar — seu carro estacionado na entrada da mina deserta, um túnel cavado na encosta da montanha. Acima dele quilômetros cúbicos de rocha se empilhavam, e acima deles altas árvores cresciam. Entre elas animais caminhavam no seu eterno ir e vir em busca de alimento, em busca da companhia de outros da sua espécie. Pássaros e roedores. Talvez até um urso preto. Um cabrito montês. Um leão-da-montanha...

O sonho desfiou-se em sua mente, desfile de animais contados por sua mente cansada e parecendo a ela o efeito das metragens envelhecidas de cenas de um safári de cem anos. A imagem de uma vasta savana de árvores esparsas e grama alta, nuvens esfiapadas... Tudo num sépia descolorido, desbotado como o efeito que Thomas McQuinn buscava em suas pinturas — imagens esmaecidas que se materializavam de um sopro antigo; eram vento e pó e folhas e tempo... Os animais que atravessavam o espaço negativo da savana curvavam-se sob o peso da visão. Antílopes e gnus — muito ao longe, ilusões de ótica às vezes sugeriam zebras arrebanhadas no horizonte, girafas entrecortadas entre as árvores...

Seu olhar encontrou os cantos da visão. Uma fêmea de antílope isolada do seu rebanho. Prenhe, a barriga pendurava-se sob o arco de suas costas. Deu à luz o pequeno antílope envolto em placenta translúcida. Não longe, as hienas já o esperavam, mandíbulas postas, risos e pios enchendo o ar — e então o barulho de ossos mastigados.

Eduardo sentiu uma dor excruciante, um lampejo trespassando a totalidade do seu corpo contorcido no banco de trás do automóvel, e de sua mente perdida em lugares impalpáveis. Tentou despertar, sem sucesso. Estava preso ali — no pesadelo, na máquina, no coração da montanha.

No espaço de uma nova visão.

Em sua toca, filhotes de hienas foram encontrados pelos chacais. Noutra visão, pequenos leões mortos pelo macho de um outro bando. Eduardo podia sentir toda a materialidade da carne sendo desfeita, a força da vida jovem sendo roubada.

Outra cena, outra seqüência de metragens pardacentas. Uma leoa de pata ferida definha lentamente de fome. E então a morte. E o mesmo lampejo de dor. Cena. Um pássaro soprado do ninho é devorado, vivo, por formigas. As imagens aceleraram-se, agrupam-se, multiplicam-se. Podia sentir a bruma ardente do crepitar dos nervos em dor, condensada na agonia de milhares de animais apanhados em armadilhas, suas pernas quebradas, as entranhas esmagadas... O grito da baleia arpoada dá volta ao mundo, a nota mais longa de um coro eterno; a vibração celular moribunda que cobre o planeta como uma nova atmosfera, uma radiância kirlian rubra de vida que se evapora, em todos os seus milhões de rostos. Todos agonizam na ante-sala da morte, ante um olhar humano, estampado em um rosto negro marcado pelo horror, e então cruzam o umbral num último lampejo. E do outro lado... nada.

Eduardo despertou com o rosto coberto de lágrimas, o peito de suor. Sentou-se no banco do Camaro e viu que uma luz cinzenta, não muito diferente daquela que imperava em seu pesadelo, insinuava-se à entrada da mina. O sol raiava. Dormira a noite toda, embalado pelo sonho mau.

Deixou o carro e em seguida a mina, em passos ainda sonambúlicos, acompanhado apenas da Canon A20 há pouco adquirida. Seu relógio de pulso marcava as cinco e trinta da manhã. Levaria uma hora para chegar ao local do desmatamento, talvez trinta minutos para fotografar o que podia, e outra hora para regressar, para apanhar o carro e seguir para South River a tempo de entrar no trabalho.

Meteu-se na floresta semi-oculta por uma névoa espessa, úmida e fria. As próprias árvores, as altas torres das *redwoods*, o vulto poderoso das montanhas, tudo parecia nascer dessa exalação ártica. Enquanto avançava, podia ouvir pequenos animais retrocedendo de suas atividades noturnas. Eduardo refletia sobre o quanto estivera errado. As criaturas da Terra viviam e morriam em dor, e a morte se consumava com o lampejo derradeiro seguido de mais nada.

Seus sonhos... Eram enviados por Rino ou viriam do mesmo lugar que ele? Sonhos com uma fixação africana e o hábito de dar a volta ao mundo...

A floresta estava tão envolta em neblina que teve dificuldade em encontrar o caminho. Vinte minutos antes de chegar ao local dos cortes, pôde ouvir o ronco dos caminhões e o rosnado das moto-serras, guiando-o até o lugar certo. Tinha a câmera pronta — um brasileiro tentando proteger a floresta chuvosa americana... Havia certamente alguma ironia nisso. Sentiu-se como um homem que carregava com ele estigmas impostos há muito tempo e sobre uma certa distância. Nunca estivera na Amazônia. Nunca comprara um móvel de mogno ou adquirira ações de uma madeireira. Comia apenas carne branca, de modo que o seu dinheiro nunca fora para os pecuaristas que plantavam pasto onde antes existira a selva tropical.

Era um branco que só se sentia assim por esconder de si próprio a clareza inquestionável do lado escuro de sua pele.

Ali estava ele, marchando pela trilha no momento descolorido do alvorecer, ouvindo o ruído da destruição e pensando no que podia salvar, e em quais verdades poderia revelar. Não poderia, contudo, rodar o mundo com imagens da verdade gravadas em *pixels*, como nos sonhos que tinha. Podia salvar somente uma parte por vez — e por um período de tempo...

Tudo estava contra ele. As dimensões do problema, os limites do seu poder, o pouco tempo de que dispunha. E talvez nem valesse a pena. No final de tudo havia apenas um lampejo de dor para marcar o fim, olhos arregalados de horror, e nenhum recomeço.

Alcançou a orla da área cortada. Se estava ali, bem podia fazer o serviço a que se propusera. Remover algumas máscaras.

Fez algumas fotos. Um mar de tocos sob a luz do alvorecer, quebrada pelos vultos das montanhas. Alguns tão largos que poderia estacionar o Z/28 sobre um deles. E restos de galhos e folhas formando grandes colchões ressequidos, entre os troncos. Se aquilo tudo pegasse fogo, South River despertaria subitamente para um problema insuspeito.

Prosseguiu caminhando sob o abrigo das árvores ainda em pé. Tentava contornar a zona desmatada e aproximar-se dos caminhões, que estavam do outro lado do campo aberto. Eram veículos de porte médio, pintados em cores discretas. Mesmo os homens que os pilotavam ou os que manejavam as moto-serras usavam capacetes pintados de verde ou marrom, e nenhum daqueles coletes brilhantes de material plástico. Queriam se confundir com o ambiente que se dedicavam a transformar. Somente uma hora mais tarde (dando adeus ao seu esquema de horários) foi que Eduardo aproximou-se o bastante para fotografá-los. Isso tinha alguma importância, e valia a pena o tempo e o esforço para chegar a eles.

Sem ser visto. Isso era crucial.

Não havia marca alguma nos caminhões ou nas roupas vestidas pelos trabalhadores.

As fotos poderiam mais tarde ser ampliadas e estudadas em todas as suas minúcias digitais. Eduardo tinha mais do que havia antecipado, e era o momento de dar às costas aos seus objetos de estudo fotográfico e retornar ao carro.

Quando estava longe o bastante da fonte dos ruídos, parou e encostou-se no tronco de uma árvore. Sua mandíbula estava presa e dolorida. Ele apalpou-a por fora, e por dentro mexeu a língua, juntou saliva e cuspiu. Tinha a boca amarga.

Trabalhou o melhor que pôde nos períodos da manhã e da tarde, acompanhado de xícaras e mais xícaras do insuportavelmente ralo "café" que os americanos bebiam. Na hora do almoço ligou para Jennifer e pediu que se encontrasse com ele depois do expediente em sua casa, mas ela estava no turno da noite nesse dia, e não poderia vê-lo. Despediram-se com um beijo transmitido pela linha telefônica.

Eduardo então saiu com o carro e foi procurar um vidraceiro para consertar o estrago feito de maneira tão acintosa pelos pais de Sasha Bailey — ou por seus amigos traficantes, ou ainda por seus vizinhos adolescentes. Ou por todos eles, em perfeita fila indiana, à espera da sua vez.

Ao retornar para a firma, procurou Marlin Davies e perguntou a ele sobre o papel que deveria assinar, com respeito ao sigilo no trabalho com o *software* secreto.

— Oh, aqui está — Davies disse, apanhando a folha de uma gaveta em sua escrivaninha. Ofereceu uma caneta a Eduardo.

— E o contrato que você iria revisar, com o pessoal do departamento jurídico? — perguntou, ignorando a caneta.

O supervisor demorou alguns segundos para responder.

— Ainda estamos trabalhando nesse um.

— Tem uma previsão de quando terão terminado?

— Humm. Alguns dias, ainda. Vá trabalhando no programa, enquanto isso. No passo em que você vem trabalhando, penso que não terá avançado muito, até que tenhamos a revisão terminada.

Eduardo devolveu a folha não assinada para Davies, e saiu.

Não estar com Jennifer nesse dia e perceber tão claramente que Davies e Kellner o estavam enrolando era ruim o bastante, mas tinha trabalho a fazer — bem diferente do que os dois homens exigiam — e, depois de bater o ponto, montou no Camaro e acelerou para casa.

O vidraceiro esperava por ele à porta. Enquanto o sujeito trocava os vidros quebrados, Eduardo vasculhou o entulho guardado na garagem à procura de disquetes ou CD-ROMs nos quais salvar as imagens de sua câmera fotográfica digital. A maioria dos disquetes tinha etiquetas com número e letras combinadas em aparente falta de sentido, talvez obedecendo a algum código. Nas caixas de papelão também havia cadernos com gráficos e cifras, amarrotados e rasurados, alguns faltando muitas páginas. E fotos.

Levou os discos para a cozinha e escolheu um deles, aleatoriamente, e inseriu-o. Sua intenção era a de começar de imediato a deletar os arquivos que porventura guardassem. Ao invés, abriu o primeiro arquivo e correu os olhos por seu conteúdo — fragmentos de programas. No segundo arquivo havia um relatório de progresso a respeito de um programa referido apenas por números e letras. Mais fragmentos, num terceiro arquivo. Deletou tudo enfim, e processou as primeiras fotos no gerenciador de imagens de que dispunha. Salvou os arquivos comprimidos no disquete e apanhou outro, preparando-se para repetir o processo.

Alguma coisa o fez deter-se, porém.

Reclinou-se na cadeira e apoiou a cabeça nas mãos cruzadas sobre a nuca. Em sua mente agitavam-se os dados antigos gravados nos disquetes e as fotos que ele folheara brevemente na garagem. Havia um padrão ali, um que ele não reconhecera mas sabia existir. Levantou-se, pensando em folheá-las novamente, mas nesse instante o vidraceiro o chamou para que conferisse o serviço e pagasse a conta.

Quando a pequena *van* de serviços deixou o meio-fio diante da casa, Eduardo viu que os garotos amigos de Sasha estavam lá fora, rindo. Talvez soubessem que o vidraceiro teria razões para retornar muito em breve. Eduardo sorriu para eles, embora não devesse. Os pequenos vândalos não eram nada, perto das suas preocupações verdadeiras. Pensou nos três homens dentro do Chevy Nova amarelo. No cano de espingarda reluzindo brevemente.

Voltou-se para o problema das fotos. O que havia nelas que o incomodava? Na maior parte não eram mais que fragmentos jogados em caixas de papelão. Ao que lhe parecia, alguém as tinha rasgado — de maneira deliberada e insistente. Levando tudo para a cozinha, espalhou as peças do quebra-cabeça sobre a mesa. Não precisou montar muitas delas para perceber que eram fotos aéreas ou... Mais do que "aéreas", eram fotografias tiradas a partir da órbita da Terra.

Eduardo coçou os olhos cansados e se sentou novamente diante da tela do computador. Teria tempo para saciar sua curiosidade noutro dia. Agora precisava concentrar-se no trabalho de formatar as imagens que havia obtido pela manhã.

Antes que pudesse recomeçar, ouviu um som conhecido, vindo dos fundos. Levantou-se suspirando e abriu a porta, deixando-se morder pelo ar frio.

Lá estava Rino, as costas tingidas pelo mais leve dourado do sol que se extinguia no horizonte. Tinha os chifres altos no ar. Emitiu seu chamado característico, mistura de um balir com um bufar eqüino.

— O que você quer de mim agora? — Eduardo gritou para ele, falando em português. — Alguém tentou atirar em mim ontem, você me levou a um *show* de horrores, e eu agora mal consigo parar em pé de cansaço. Mas estou tentando ajudar!

A aparição não respondeu. Eduardo apenas fingia estar irritado. Neste instante, quis que Rino fosse o insistente fantasma de uma natureza violentada que vinha mesmo assombrá-lo, exigir dele ações, lembrá-lo de tudo o que era perdido. Assim haveria algo de sobrevivente no holocausto apresentado a ele durante o pesadelo, e não apenas o vazio na posterioridade da dor.

Eduardo deu-lhe as costas, sentou-se diante do PC e formatou mais duas imagens. Eram da múmia encontrada nos fundos da mina Bly... Eduardo fechou os olhos.

Deletou os arquivos do disquete sem abri-los. Salvou as terríveis imagens no disquete, apanhou um outro. Inseriu-o e preparou-se para apagar o seu conteúdo. Hesitou.

Ouviu Rino resfolegando lá fora e o som oco de suas passadas. O chão tremendo sob a mesa, com os seus mil e trezentos quilos de peso trotando no quintal.

Selecionou com o *mouse* o primeiro arquivo.

Os passos do rinoceronte cresceram em volume. Eduardo olhou para a porta dos fundos e viu seu vulto escuro ocultar a luz do crepúsculo.

— O que você quer? — disse, enquanto apertava a tecla *delete*.

Are you sure you want to delete file...? o computador perguntou, e no instante mesmo em que as palavras se acendiam na tela, Eduardo sentiu que Rino se jogava para dentro da cozinha — seu volume imenso e comprido — e sentiu o fôlego úmido do rinoceronte em sua nuca. Virando a cabeça, de relance viu o movimento abrupto para cima que Rino fez, cravando o chifre mais longo no teto da cozinha.

Pedaços de madeira e tinta choveram sobre Eduardo.

Voltou o rosto para a porta dos fundos e viu a cabeçorra recuando para fora. Olhou então para cima. Havia um buraco aberto no forro, grande o bastante para que seu tronco passasse por ele. Apanhou um pedaço partido de madeira de cima da mesa e o estudou atentamente.

"Isto *não* é um fantasma ou uma projeção das minhas ansiedades. E ele *quer* alguma coisa de mim, mas *o quê*?"

Levantou-se da cadeira e limpou a sujeira o melhor que pôde, deitando as fotos rasgadas em inclinações verticais para que o pó e os cavacos escorressem do papel. Varreu tudo para um canto e então tornou a se sentar e retomou o trabalho, deletando arquivos, formatando imagens, salvando-as nos disquetes, concentrando-se nas abstrações brilhando na tela. Rino não voltou a incomodá-lo.

No dia seguinte ele telefonou para a firma e avisou Marlin Davies: não se apresentaria para o trabalho.

— O que houve, está doente? — Davies perguntou, no seu tom mais seco.

— *Indisposto* — Eduardo respondeu. — Tenho uns assuntos a resolver, e enquanto o faço, você pode terminar aquela revisão dos limites legais para o emprego de um estrangeiro, em um serviço classificado pelo governo americano.

— Não discuta isso por telefone!

Eduardo sorriu para sim próprio.

— Tudo bem. Vou tentar passar aí à tarde, para conversarmos.

— Kellner não vai gostar dessa interrupção no trabalho — Davies resmungou, mas Eduardo não se dispôs a responder. Desligou.

Digitou em seguida no número da central de polícia. Pediu para falar com Jennifer.

— Posso vê-la, aí mesmo no escritório? — perguntou, assim que ela apanhou o fone. — Prometo não beijá-la na frente de ninguém.

Ouviu-a rindo, do outro lado da linha.

— *Okay*. As coisas estão meio complicadas por aqui, mas poderemos conversar. — Uma pausa. A voz rouca retornou preocupada: — O que houve? Problemas com os amigos de Sasha? Quebraram mais alguma coisa, além da janela? Espero que ainda não tenham quebrado a sua cabeça dura.

Desta vez a pausa foi dele. Resolveu falar a verdade:

— Uns amigos de Shaun e Doug tentaram interceptar-me, em um Nova amarelo. Mas esse é só um dos assuntos. Falamos mais pessoalmente.

— *Okay*. Ah, Ed...

— O que é?

Num sussurro:

— Eu amo você.

Aparentemente, todo o pessoal da polícia se concentrava no escritório. As ruas deviam estar vazias de carros patrulha. Eduardo viu entre os policiais um colega da Faro Softwares, chamado Bin Ho. Ho era um analista de sistemas de origem chinesa ou vietnamita, Eduardo não sabia bem, que Kellner havia importado de San Francisco. Eduardo não sabia que a Faro prestava serviços à central de polícia.

Sem desejar que Ho o visse, esquivou-se do grupo que se reunia em torno dele, e foi sentar-se diante da escrivaninha de Jennifer. Por um segundo, teve de reafirmar para si a promessa de não beijá-la na frente dos outros. Ao invés, mostrou a ela a meia dúzia de disquetes unidos por um elástico.

— Estive ontem de manhã no local dos cortes e fotografei tudo o que pude, inclusive os caminhões e os caras trabalhando.

— O quê? Boyle e Eickman passaram o dia na boca da estrada, em turno dobrado, e não viram ninguém passar.

Eduardo não evitou um sorriso.

— Peguei um atalho — disse. — Agora, o que preciso é que você envie por *e-mail* as fotos digitalizadas para o Ato das Espécies em Perigo ou para o Departamento de Pesca e Vida Selvagem, não sei.

Jen apanhou o maço de disquetes e suspirou.

— Você é certamente um homem persistente e de recursos, Ed — disse, antes de encará-lo com mais atenção. — Parece tão cansado... Eu gostaria muito de ajudá-lo com isto, mas não posso enviar nada por *e-mail* do escritório.

"Nós sofremos uma espécie de... ataque de *hacker* ontem. Alguém entrou em nosso sistema e nos tirou da rede com os serviços policiais do Estado e do FBI. Descobri que também apagaram todas as informações que tínhamos sobre Shaun Smith. Mesmo o registro do carro dele desapareceu dos arquivos do departamento de trânsito de Ashland."

Devolveu os disquetes para Eduardo.

— O que vai fazer? — perguntou. — Não pode enviá-los da sua firma?

— Não se eu puder evitar.

Mas já tinha uma alternativa em mente. Assim que Jen lhe explicou que seria impossível enviar as imagens a partir da central de polícia, pensou em pedir que Libby McMannis o fizesse através dos computadores da biblioteca pública. Sua atenção, contudo, fora atraída para o que havia se passado com os sistemas da central de polícia.

— Isto costuma acontecer?... — perguntou em voz baixa, já sabendo a resposta.

— Foi a primeira vez. É um fato tão grave, que o chefe solicitou da Faro Softwares um especialista em programas e pirataria pela Internet.

"Fale-me dos homens no Nova amarelo. Se foram mandados por Shaun Smith, o chefe vai querer saber sobre isso. Até agora, ele é o nosso principal suspeito no ataque eletrônico, baseado no que você nos contou do que viu no Chevelle dele."

— Não acredito que esse garoto possa ser o responsável — Eduardo disse, depois de meditar um segundo. — Não consigo imaginar alguém que tenha esse conhecimento técnico de computadores e sistemas, ao mesmo tempo trabalhando as ruas, vendendo drogas para os adolescentes da cidade. — Antes mesmo de pronunciar as palavras seguintes, entendeu em profundidade as suas implicações: — Alguém deve ter fornecido a ele o equipamento que eu vi, porque o movimento dos corredores e o tráfico de drogas servem a um propósito maior...

Jen inclinou-se para frente e perguntou:

— Servem a *quem*?

Eduardo piscou seguidamente, encarando-a. O brilho duro dos olhos cristalinos de Jen pareceu penetrar a sua barreira de cuidadosas mentiras e meias-verdades. Seu tom de voz dizia que ela não duvidava nem um pouco de que ele poderia responder à sua pergunta.

— Por que acha que conheço a resposta?

Ela tornou a se reclinar na cadeira. Seu olhar não se alterou por um instante sequer, mas em seguida seu rosto triste se abriu na efeméride de um sorriso.

— Você sempre parece estar um passo adiante de nós aqui — fez um gesto amplo, indicando a central de polícia —, embora seja um recém-chegado a South River e embora saber o que se passa na cidade seja o *nosso* trabalho.

Diante da expressão ferida dele, ela deu uma palmada em sua mão direita, num toque que pedia que sossegasse.

— Tem que admitir que é tudo muito estranho, *okay* — continuou. — Por outro lado, não me agrada que tenha sido perseguido por esses homens. Estou preocupada com você... Também não me agrada o seu envolvimento com Sasha. Estou com *ciúmes* de você! E então, embora tenha feito avançar mais o nosso conhecimento de como os corredores se organizam, do que fomos capazes de descobrir em dois anos de trabalho, eu confesso que sinto também alguma inveja profissional!

Jen cobriu o rosto com as mãos, e então o espiou por entre os dedos. Eduardo desviou os olhos.

— Juro que eu só queria ajudar. — Deu de ombros. No fundo, tinha que admirar a franqueza da moça. Voltou a olhar para ela. — E não tive nada com Sasha...

— Não acho que esteja mentindo, mas...

— Talvez eu saiba quem está por trás disto tudo — disse. — Mas preciso de algum tempo para juntar as peças.

Jennifer tirou as mãos do rosto e ficou em silêncio, fitando-o com pupilas transparentes. Depois de algum tempo:

— Em que está metido, Ed?

Ele riu um riso desanimado.

— Não sei — admitiu. — É como um turbilhão, e parece que estou bem no meio dele, mas não consigo ainda entender completamente o que se passa. Preciso de algum tempo.

— *Okay*. — Jen levantou-se. — Mas temos de falar com o chefe sobre os caras que foram atrás de você.

Ela o levou até a sala do chefe de polícia. O vidro da porta ostentava o nome do patrão de Jen: "Richard Brownell Hampton". Não soava estranho a Eduardo...

Jennifer bateu e Hampton mandou que entrassem. Estava ao telefone e tinha o rosto voltado para a janela. Eduardo aproveitou para admirar a decoração da sala. Viu fotos de familiares e de amigos em pescarias ou em encontros de agentes da lei. Numa parede, comendas emitidas pela prefeitura e pela Polícia Estadual. A um canto, sobre um móvel comprido e baixo como um aparador, havia um exemplar do fuzil de percussão Springfield modelo 1861, em um suporte de carvalho. Aproximou-se para apreciá-lo melhor. Era uma bela arma e parecia mesmo muito antiga. Vinha acompanhada de uma refulgente baioneta. Na parede atrás dela o Chefe Hampton tinha pendurado uma edição comemorativa do Colt 1911A1, num estojo de madeira de lei. A pistola tinha detalhes em ouro e celebrava a participação do Exército Americano na guerra do Vietnã. Em outro quadrado de madeira, uma medalha coração púrpura e numa terceira moldura uma insígnia da "The Big Red One". Aparentemente Hampton servira nessa divisão de infantaria e fora ferido na guerra.

— Esse fuzil foi usado na Guerra entre os Estados — ouviu. Uma voz de barítono.

Virou-se e percebeu que Hampton encerrara o telefonema e agora o fitava, meio encostado, meio sentado no tampo da mesa. Disse:

— Meu bisavô o tirou do cadáver de um soldado da União. Um dos melhores fuzis empregados na guerra.

Então Hampton descendia do pessoal que enfrentara a Trilha do Oregon liderados pelos antepassados de Kellner.

Devia estar se aproximando dos sessenta. Um sujeito alto e pesado, de sobrancelhas louras e a pele das faces tisnada e enrugada pelo sol das montanhas. Um rosto de Chris Ledoux usando um Stetson cinza na cabeça e uma camisa azul sobre a barriga de Garth Brooks. Apertou sua mão, quando Jen o apresentou a ele, dizendo "Rick Hampton, prazer em conhecê-lo".

— A oficial Adams contou-nos como você ajudou-nos com o caso dos corredores de rua — Hampton disse. — Ainda não tive tempo de agradecê-lo por isso. — Apontou para a confusão do lado de fora de sua sala. Provavelmente supunha que Jennifer havia falado a Eduardo sobre o ataque de *hacker*, pois comentou: — Maneira estranha de sermos apresentados ao século vinte e um.

— Alguém já escreveu que o espírito que impulsionou as pessoas que vieram para cá no décimo nono século, para abrir o Oeste Americano — Eduardo disse —, é o mesmo espírito que produziu tanto exploradores de visão ampla quanto ladrões de cavalo e de gado, tanto os corajosos pioneiros quanto bandos de foras-da-lei, e que em nossos dias produz magnatas da economia da informação e os seus próprios foras-da-lei, os piratas da computadores e terroristas da Internet. Muitos deles chamam a si mesmos de "*cowboys*", e talvez seja preciso um xerife durão para colocá-los atrás das grades.

Hampton soltou uma breve gargalhada.

— Uma analogia inteligente, mas talvez inadequada — disse. — Este tipo de coisa está completamente fora da minha experiência. Tivemos que chamar um *expert* da companhia para a qual você trabalha, para ajudar-nos. Já deixamos os tempos do Oeste Selvagem para trás. Para pegar os caras maus hoje só empregamos profissionais. Não precisamos de nenhum *Lone Ranger*. — Sorriu, antes de continuar: — O seu domínio do inglês é notável, porém.

Eduardo não tinha tanta certeza. Dissera que a nova economia "agora produzia magnatas e os seus foras-da-lei", mas usara o pronome *their* ou "deles" ao invés do neutro *it*, que faria a associação dos foras-da-lei com a economia. Conforme a frase saíra, ficava parecendo que os bandidos se associavam aos ricaços da indústria. Jennifer o encarava insistentemente, e ele percebeu que ela não deixara escapar o seu ato falho. O próprio Eduardo se espantou com as implicações do que dissera.

Contou a Rick Hampton o que acontecera há dois dias. Falou dos três homens no Chevy Nova, de como eles o seguiram e de sua impressão de ter visto uma espingarda ser apontada para ele. Hampton o ouviu atentamente, e então apanhou uma folha de papel da mesa.

— Acha que estes homens têm alguma ligação com o suspeito... Shaun Smith? — perguntou, lendo o nome de Smith no papel.

— Não posso dizer com certeza...

Jennifer interveio:

— Naquela noite nós abandonamos o local da corrida depois de Mr. Câmara ter tirado da companhia de Smith e seu cúmplice aquela garota, Sasha Bailey. Logo em seguida, nossos homens tentaram estourar a reunião de corredores. Smith pode muito bem ter somado dois e dois e chegado à conclusão de que Mr. Câmara levou-nos até eles. Ele agora tenta dar o troco.

Hampton assentiu.

— E com a ordem de apreensão do seu veículo, Smith teria recorrido aos seus amigos do Chevrolet Nova... — disse. — Faz sentido. — Encarou Eduardo. — O que quer que façamos, Mr. Câmara?

— Não sei...

— Poderíamos emitir uma ordem de busca contra o Nova — Jennifer sugeriu —, e aumentar nossas patrulhas na vizinhança em que Mr. Câmara vive.

Rick Hampton atirou o papel de volta à mesa e sorriu para Jen e Eduardo.

— Isso pode funcionar. — Seus olhos se concentraram em Eduardo, que viu neles uma dureza antes ausente. — E Mr. Câmara pode nos ajudar restringindo seus movimentos na cidade. Não se desviando muito do caminho de casa para o trabalho, eu diria. Essas pessoas provavelmente estarão evitando o centro da cidade, mas South River tem muitos lugares que escapam ao controle da nossa pequena força.

Eduardo anuiu lentamente, observando bem o rosto de Hampton.

— Sobre o que aconteceu aqui — disse. — Talvez vocês devessem recorrer ao FBI. Eu soube que eles têm especialistas em crimes pela Internet.

Hampton sorriu e balançou a cabeça. Parecia contrariado.

— Obrigado. Mas por aqui nós mesmos limpamos a nossa casa.

Eduardo estendeu a mão para o chefe de polícia, compreendendo que a conversa havia terminado. Do lado de fora, disse a Jennifer:

— Então ele também desconfia de mim.

— O que quer dizer?

Olhou para ela e viu uma coisa inédita acontecer: as maçãs do rosto de Jennifer e suas orelhas se coloriam rapidamente de vermelho. Havia algo de doce nisso, mas ele não podia se esquecer do que ouvira de Hampton e dela mesma, minutos antes.

— Isto tudo realmente deve parecer muito esquisito a vocês — disse. — Eu não quero ser uma fonte de embaraço.

Caminhou para a porta. Jen tentou detê-lo, segurá-lo pelo braço, mas ele apertou o passo e distanciou-se dela.

— Ed, espere!

Ela já não o chamava de "Mr. Câmara", mas ainda assim ele não podia parar. Lembrou-se da sala de Hampton e da decoração que berrava "*I'm a pro!*" para todos ouvirem — um profissional e veterano de guerra cujo avô de sua mãe arrancara o fuzil do cadáver de um soldado da União, e cruzara o deserto comendo os corpos mortos dos seus companheiros, para que o seu descendente chegasse até ali e estivesse em posição de limpar a própria casa.

Também não lhe passara desapercebida sua menção ao herói solitário personagem de uma série de TV para crianças, que ele mesmo tinha visto enquanto garoto. Mas Eduardo não tinha um cavalo branco, mas sim um carro preto e seu *sidekick* era o espectro de um animal. Não segurou uma breve risada, ao deixar o escritório. Sequer olhou para trás, para ver se Jennifer ainda estava à porta. Para Jen e o seu chefe, ele era um embaraço e uma incógnita — e em South River eles provavelmente não gostavam de nenhum dos dois. Imagine se ele tentasse contar a Hampton e Jen que havia descoberto o provável cadáver de David Bly, desaparecido em 1888 e provavelmente assassinado a mando de William Kellner, bisavô do atual patrono da cidade!

Era um lado seco e duro de Jen que Eduardo não apreciava conhecer. Bem, se a amava, teria de compreender e aceitar que o lado profissional fazia parte dela.

Mas talvez nem valesse a pena... Não tinham muito tempo juntos, afinal. Se estivesse certo, provavelmente não tinham tempo algum. Se estivesse certo, Jennifer sofreria, por sua causa, um embaraço final, e logo em seguida ele seria deportado e não a veria nunca mais.

Não passou na firma, como havia dito a Davies. Foi direto para a Biblioteca Pública e falou com Libby McMannis. A bibliotecária ouviu tudo atentamente e não lhe pareceu estranho que Eduardo tivesse obtido as fotos do desflorestamento. Talvez não soubesse que vinham da região fechada. Talvez não se importasse com os meios que ele empregara para obtê-las. Talvez não gostasse dos patronos da cidade e era bem possível que através dela é que a exposição histórica sobre a fundação de South River relatava os atos de canibalismo dos seus antepassados. Nem todos eram apenas profissionais, nesta terra... Diante do seu olhar ansioso, ela preparou os *e-mails* com as fotos anexadas e os enviou ao Departamento de Pesca e Vida Selvagem. Libby digitou no corpo da mensagem o nome dele e o endereço em Oakridge Street, no caso das autoridades tentarem contactá-lo. Poderiam implicar com a invasão de uma área proibida, mas ele apostava que estariam mais interessados no que ele tinha fotografado. Eduardo não se esquivaria de qualquer responsabilidade.

— Pronto? — ela perguntou, a seta do *mouse* postada sobre o comando de enviar.

— Pode atirar.

Ela o fez, com um suspiro.

— Hum, isso foi bom. — Voltou os olhos azuis para ele. — Você suspeita dos maiorais da cidade, não?

Ele indicou que sim.

— E sabe que vão acabar voltando-se contra você, não sabe? — Não esperou que ele respondesse. — Acho que nós dois temos pouco tempo em South River. Não posso dizer que vou sentir falta. Foi bom ter enviado esta mensagem, como um último gesto.

Soube então que ela já estava encrencada.

— Lamento. — Não encontrou o que mais dizer.

Agradeceu-lhe o favor e deixou-a. No Camaro, rumou para o posto de gasolina de Seymour Bly. Não parou. Queria apenas memorizar o nome da avenida e o número. Foi então para casa, parando apenas para comprar comida e uma *six-pack* pelo caminho. Sentia-se mais leve e pensou até em ligar para Jennifer e pedir desculpas pelo modo como havia saído.

As janelas da casa ainda conservavam-se inteiras e não havia nenhum Chevelle ou Nova parado em frente. Eduardo enfiou o Camaro pelo caminho até o quintal e entrou pela porta da cozinha. Ligou o computador, apanhou alguma coisa para comer, e atirou-se ao trabalho.

Primeiro uma carta destinada a Seymour Bly. Não sabia bem como abordar o assunto, por isso disse apenas que nunca estivera do lado de Gordon Kellner, e que havia entrado na velha mina, e que lá obtivera as imagens gravadas nos disquetes. Pediu que as mostrasse, juntamente com sua carta, aos seus advogados, e sugeriu que a policial Jennifer Adams poderia vir a ajudá-lo em uma possível busca ou investigação na mina.

Concentrou-se a seguir no programa de espionagem que a Faro Softwares havia lhe passado. Não se importava mais com os defeitos de programação, mas sim com a organização geral do programa e o quanto de sua finalidade ele poderia deduzir. Era complexo e inchado, com um sem-número de atalhos para atrapalhar o trabalho de interpretação, e rotinas aparentemente abortadas. Havia gatilhos para programas secundários e sub-rotinas — não era à toa que estava cheio de problemas. Tão complicado que ele logo se cansou e o deixou de lado para examinar, desta vez, o conteúdo dos disquetes descartados pela empresa.

Alguns dos programas eram gerenciadores de imagens, o que o fez debruçar-se novamente sobre as fotos. Imagens de sensoriamento remoto, obtidas da órbita... Mostravam todas mais ou menos a mesma área — um recorte de montanhas e florestas, rios, estradas estreitas e serpenteantes. A mesma área sob nuvens ou com céu limpo, em diversos graus de ampliação.

Piscou os olhos cansados. Foi para a geladeira e apanhou uma Budweiser ainda morna. Sentou-se e refletiu. Matutou muito e não chegou a conclusão alguma. Qualquer gênio que tivesse, acabava de encontrar os seus limites. Precisaria de sua calculadora analítica para enfrentar a complexidade do programa da Faro. Estava em uma gaveta no seu quarto. Tomou um último gole, deixou a garrafa sobre a pia e foi apanhar o aparelho.

Quando retornou à cozinha, Sasha Bailey estava em pé, bebendo da sua cerveja. Por uma fração de segundo, Eduardo hesitou entre se atirar sobre ela e correr para a porta da frente. Levou mais tempo para entender que era a velha conhecida repetindo a mesma cena do seu primeiro encontro, do que o tempo que levou para cair em si e admitir um erro mortal — homens armados o caçavam, e ele deixara aberta a porta dos fundos.

— Não se assuste. Sou eu — Sasha disse, assim que o viu entrar. Ela fungou um pouco, e perguntou: — Está trabalhando?

— É melhor você voltar para casa — ele disse, voz rouca.

— Eles não me querem lá, sabia?

Eduardo soltou um suspiro resignado. Olhou para a tela brilhante do monitor. Olhou para Sasha. Ela vestia um par de *jeans* e um *pullover*. Sem a afetação sexual, assumira a aparência de uma adolescente como qualquer outra. Seu rosto pálido estava ainda mais cansado do que da primeira vez que ela invadira a sua cozinha. Tinha os olhos e o nariz vermelhos.

— Você fugiu da clínica de recuperação? — ele perguntou, enquanto trancava a porta.

Sasha riu silenciosamente e tornou a levar a garrafa aos lábios. Baixou a garrafa e limpou a boca e depois o nariz com a manga do *pullover*.

— Por que acha que meus pais me enviariam a um lugar desses?

Foi até ela e tirou a Budweiser de suas mãos. A garrafa estava vazia.

— Porque eles sabem que seria o melhor para você?

Ela riu outra vez.

— Você é realmente um cara legal, não é, Eddie? — E então, apontando para estrago no forro da cozinha: — O que houve com este lugar?

Ele a ignorou, apanhando-a pelo cotovelo. Percebeu que ela tremia um pouco, mas foi firme e a conduziu até a sala.

— Venha. Vou deixá-la sair pela porta da frente.

— Quero ficar aqui — ela lamuriou.

— Não pode...

Sasha libertou-se de sua mão e girou para encará-lo.

— Shaun ligou hoje — disse. — Ele está muito bravo comigo, por causa do que aconteceu naquela noite. Disse que eu era culpada por ter levado você a ele, e que você é um tira disfarçado e que eu vou pagar caro, se ele tiver os seus negócios estragados em South River, esta cidade de merda!

Eduardo hesitou. Passou por Sasha, foi até as janelas, olhou brevemente para fora e fechou as cortinas. Pediu a ela que se sentasse. Sasha olhou em torno e escolheu uma poltrona de dois lugares, mas Eduardo foi se sentar numa cadeira do outro lado do cômodo.

— Tenho uma amiga no departamento de polícia, você sabe — disse à garota. — Ela pode dar a você alguma proteção. *Eu* não posso. Shaun também está atrás de mim. Por outro lado, se você tem informações que possam levar a polícia a Shaun, seria melhor...

— Então os amigos dele viriam atrás de mim — ela o interrompeu.

Olhava-o com as pupilas azuis muito redondas nos olhos arregalados e de esclerótica vermelha.

Eduardo lembrou-se do Nova e da espingarda, mas obrigou-se a levantar e caminhar até o telefone.

— Meus pais não vão aceitar isso — Sasha gritou, antes que ele pudesse tirar o fone do gancho.

— Já há algum tempo que a decisão não é mais deles — Eduardo respondeu.

— Shaun disse que os mataria, se eu contasse qualquer coisa aos tiras.

Ele fechou os olhos e pousou o telefone no gancho.

— Não era para ser o contrário? — perguntou. — Seus pais é que deveria cuidar de você, e não você deles?

Sasha o encarou mudamente por algum tempo, e ele viu uma lágrima descer e depois outra e então a garota começou a soluçar e logo a gemer. Enxugou as lágrimas e o nariz com a barra da blusa. Eduardo foi até ela, sentou-se ao seu lado e a envolveu com o braço direito. Pensou em dizer-lhe que tudo ficaria bem, mas não abriu a boca. A temperatura dela lhe pareceu um pouco baixa. Síndrome de abstinência? Se permanecesse em casa assim, estaria lembrando aos seus pais, o tempo todo, de um problema que não queriam admitir.

Rino a havia apontando com os chifres... Foi então que decidiu ajudá-la, contra o conselho do bom senso.

— Venha — disse. — Acho que posso pedir alguma coisa para comer e um café...

— Com muito açúcar — ela pediu. — E cigarros...

— ...E arrumar a cama para você descansar.

Uma hora mais tarde Sasha Bailey estava deitada com um copo de *Styrofoam* nas mãos, cheio de café fumegante e engrossado de açúcar, um cigarro aceso entre os lábios, e uma caixa de rosquinhas recheadas à sua espera no criado-mudo. Eduardo desceu mais uma vez para trabalhar na cozinha. Sentia-se dividido. Queria ficar com ela e ampará-la durante a crise, mas havia trabalho a fazer. Tinha dificuldade em se concentrar, porém.

Examinou o conteúdo dos disquetes, operando a calculadora e comparando o material dos arquivos com o programa de espionagem. Era tudo muito confuso e ele decidiu fazer uma pausa. Foi até a sala. Apanhou os livros sobre rinocerontes e os livros emprestados por Libby McMannis, e subiu com eles até o quarto.

— Talvez você queira ler alguma coisa... — ofereceu a Sasha.

— O que gostaria mesmo era de assistir tevê — ela disse.

— Eu lamento. A tevê está lá embaixo, e você tem que ficar quieta aqui em cima.

— Você poderia ficar aqui e nós conversaríamos...

— Não. Eu lamento. — Ele sorriu. — Estou ocupado agora.

— *Why I am like this?* — ela disparou, subitamente.

— Você vai melhorar logo.

— Não — murmurou. — *Why I am like this?*

Perguntava não por que estava assim, mas por que *era* assim.

— O que eu poderia saber sobre a sua vida? — ele disse, tentando esquivar-se da pergunta.

— Você viu como Shaun e Doug tratam a mim — Sasha insistiu. — Como um pedaço de lixo. Apenas um pouco pior do que os meus pais... Mas entre os garotos, a minha turma, eu sou como uma *rainha*...

— Porque você consegue o que eles querem.

Ela assentiu, olhando-o intensamente, com os olhos febris. "Quando o grupo aprova, quando desaprova..." ele recitou, em silêncio. Refletiu por um momento, e então disse, sorrindo mansamente para a menina assustada que tinha diante dele:

— Sabe qual, dentre todas as rainhas, é a mais orgulhosa? Aquela que caminha sozinha. Sem um *entourage* de bajuladores e aproveitadores. Sabe o que quer, e não precisa curvar-se aos outros, para sentir-se nobre.

Era a febre, ou ele agora enxergava um brilho novo em seus olhos, no lugar do entorpecimento habitual?

— Você pensa que eu poderia ser uma rainha dessa espécie?... — Sasha balbuciou.

Ele sorriu e fez um carinho em seu rosto quente. Pensou no rinoceronte-negro tocando-a com a ponta do chifre mais longo. Talvez a bênção do animal-fantasma valesse alguma coisa...

— Eu penso. — Começou a falar e o que dizia não lhe fazia o menor sentido, mas ele foi grato pela oportunidade de dizê-lo. — Há uma sabedoria antiga que nos toca às vezes. Ela não tem nada a ver com as coisas que nos rodeiam e que enchem nossas vidas diárias, as coisas às quais você curvou-se, Sasha. Diz apenas daquilo que nós *somos*. Você foi tocada por essa sabedoria, que vai se manifestar no momento certo, quando todas essas coisas tiverem ido embora, e então vai saber o que é o melhor para você.

Os olhos de Sasha encheram-se de lágrimas. Ela não disse nada diante de suas palavras, apenas assentiu devagar com a cabeça.

Eduardo deixou-a, levando os livros com ele. Tentou se distrair, folheando e lendo os livros, e então mexendo um pouco nos disquetes. Quando se cansava ou se deparava com um beco sem saída, tornava a mergulhar nos livros. Era impossível deixar de apreciar as fotos e ilustrações representando rinocerontes — especialmente rinocerontes-negros. Tentava conscientemente dar materialidade a Rino, tirá-lo do campo de suas visões e fixá-lo no campo do real. Chamava à memória a sensação de tocá-lo, no interior da mina Bly. Mas o rinoceronte teimava em recuar para a dimensão paralela entre sonho e realidade que habitava e para a qual costumava arrastar Eduardo. O espaço em que o espectro animal podia intervir sobre o mundo, revelando-se porém apenas a ele. Podia guiar seus passos, forçar suas ações, criar e fortalecer seus compromissos, mas sem nunca ordenar com palavras, chantageá-lo com elementos materiais ou favores junto a uma sociedade que claramente o ignorava ou hostilizava. Antes, Rino o afastava do mundo das coisas dos homens, sugerindo-se como uma dimensão de fatos alienígenas e esquivos, sempre ao seu lado, nunca presente. Paradoxalmente, via a aparição como despidas de máscaras — não conseguia tocar sua essência, só isso... As categorias de pensamento a que Bly aludira teimavam em retornar a ele...

Fechou os livros, empilhou-os e deixou-os de lado. Concentrou-se mais uma vez na difícil tarefa. Não sabia como combinar os seus três aspectos: o programa SubSeven, o conteúdo fragmentado dos disquetes, as fotos de sensoreamento remoto.

Precisava de um enfoque que desse forma aos padrões, que os unisse e desse a ele um *vislumbre* da totalidade. Como os sonhos que Rino certamente inspirava — aqueles passeios ao redor do mundo, visões do planeta que se apresentavam como um único movimento no tempo e no espaço. Dar à volta ao mundo, mesmo que propelido pela dor sentida por todas as entidades que compunham a vida... O que era aquilo, afinal? Passeio em espírito, visão xamânica, sonho ou alucinação? Tudo vinha de Rino, ele sabia. Rino, a forma sem máscaras, mas cuja natureza ele não conseguia discernir... Que sentidos tentava exprimir?—

—o *insight* apresentou-se.

Brotou de dentro dele como o ar que escapa de um redemoinho que tudo puxasse para o fundo do oceano — a mesma ciranda sentida ao circundar a Terra em sonho, espelhando o movimento dos satélites — e assumiu uma forma clara e concreta aos seus olhos, padrões surgindo e se ajustando. *Máscaras!*

Sorriu. Iria arrancar algumas, muito em breve.

Tudo o que teve de fazer foi procurar no material espalhado sobre a mesa ou codificado como impulsos eletrônicos no computador, os elementos comprobatórios. Agora que sabia o que procurar, soube como encontrá-los, como separá-los, montar tudo em um único arquivo do editor de texto, referindo-os com uma prosa objetiva que explicava como e onde cada fragmento se encaixava no plano geral.

Correu à garagem para procurar uma impressora que funcionasse, chacoalhando cartuchos de tinta à procura daqueles ainda cheios. Imprimiu o documento — escrito como uma longa carta a Jennifer Adams —, assinou-o e fez também uma cópia em disquete. Juntou todos as evidências — disquetes, fotos — e enfiou-as numa sacola plástica de supermercado. Fez o mesmo com a carta a Seymour Bly e o disquete com as fotos do cadáver encontrado na mina. Selou a carta com um excesso de selos, por medida de segurança. Retornou à sala para procurar no guia telefônico de South River o número da residência de Gordon Kellner. Fitou o número por dois minutos, até memorizá-lo.

Então puxou a chave do Camaro do bolso do *jeans* e rumou para a cozinha.

Só nesse ponto lembrou-se de Sasha, no quarto subindo as escadas. Teria que deixá-la sozinha... ou, talvez, levá-la com ele. Seria mais seguro. Mas ao subir até o quarto, encontrou-a dormindo sob as cobertas. O rosto branco de pálpebras fechadas e a testa lisa porejada de finas gotas de suor, mancha escura de café seco escorrendo de seu queixo, o açúcar das rosquinhas no pijama que tinha emprestado a ela. No mesmo instante, a essa imagem de esquisita tranqüilidade sobrepôs-se aos seus olhos a agitação e angústia sofridas pela garota, horas antes, e Eduardo decidiu deixá-la descansar.

Saindo com o Camaro, torceu para que ela não despertasse com o barulho do motor.

Eram quase duas e meia da manhã, viu no relógio de pulso. Estavam vazias as ruas de Upper Valley, até o centro. Por todo o caminho até o prédio de Jennifer, apenas um outro automóvel passou por ele. Eduardo estacionou o carro diante do endereço de Jen, enfiou o documento impresso na fenda de sua caixa postal, e deixou o pacote com os disquetes e as fotos no degrau de entrada. Apertou a campainha para desapertá-la, e saiu.

Ao retornar ao carro, parou com as mãos sobre o capô e contemplou sua figura refletida na superfície cromada do *blower*. "O que estou fazendo?", perguntou-se, sabendo que suas ações nos momentos seguintes o levariam para longe de tudo o que queria conservar. Olhou para a janela do apartamento de Jen — ela estava lá dentro, deitada ainda, com os cabelos dourados espalhados no travesseiro. Então a luz se acendeu na janela. Eduardo olhou para cima. Um céu profundo, que o vento frio descobrira para as estrelas. Talvez ele fosse o último refúgio de Sasha; talvez Jennifer sentisse falta dele, no futuro. Quis que ela pensasse nele com carinho. A carta destinada a ela terminava com uma discreta nota de afeição, que não a deixaria embaraçada se fosse parar em um tribunal. Queria dizer mais. Falar de amor e de sonhos para o futuro, mas não haveria futuro.

Dirigiu até o prédio dos correios, que ele conhecia tão bem das vezes em que viera postar cartas aos seus pais. Tinha uma preparada para eles, também. Contando tudo o que podia, pedindo a eles desculpas por ter se colocado em risco — o risco de nunca mais vê-los. Atirou essa carta e o envelope destinado a Bly na caixa de coleta que havia em frente ao prédio. Dali rumou para um telefone público.

Ligou para Kellner. Atendeu a secretária eletrônica. Ele desligou sem deixar mensagem e tornou a ligar. Na quarta tentativa uma voz feminina, engrolada de sono, atendeu. Ele exigiu falar com Kellner. Uma emergência.

Assunto de interesse da firma. O programa de defesa em que trabalhavam. Isso o faria acordar. A esposa, relutante, pediu que esperasse na linha.

Kellner o ouviu com atenção e em seguida lhe explicou como chegar à sua casa.

— Estou a caminho — Eduardo disse, e desligou.

6

Kellner, fiel à sua vocação de magnata, vivia em uma vasta propriedade dominada por uma quase-mansão de três andares e construída com a mais leve sugestão de arquitetura sulista. Seu escritório era também a sua sala de troféus — se na empresa eram exibidos apenas as galhadas dos alces e veados mortos por ele, aqui estavam cabeças empalhadas, peles de linces e leões-da-montanha. E o armário envidraçado com fuzis e pistolas.

O próprio Kellner atendeu-o. Não disse nada, durante todo o caminho da porta de entrada até a sala de troféus. Os passos de ambos ecoaram secamente nos degraus que levavam ao andar de cima. Kellner vestia apenas roupão, calças xadrez de pijama e chinelos. Eduardo não viu sinal da Sra. Kellner, ou de filhos.

Apontou para uma cadeira, mas Eduardo não se sentou. Foi direto ao assunto:

— Eu descobri a coisa toda.

Kellner foi para trás da mesa e se acomodou sem pressa.

— Quer se certificar, contando-me? — perguntou. — O preço pode aumentar ou diminuir, de acordo com o que você *realmente* souber.

Eduardo meditou um instante, tentando encontrar a primeira ponta da meada.

— Depois do seu fracasso em trazer as indústrias de informática para a cidade — começou —, sua posição financeira deve ter ficado delicada. Sua previsão de lucro não se realizou, as ações caíram. Teve de abandonar as instalações situadas fora da área urbana de South River, e recuar para o escritório na cidade. Parte da mobília e do equipamento foi vendida, parte terminou na garagem da casa que você designou para mim. Eu examinei o material e descobri que é você quem está por trás do corte ilegal de madeira, na área proibida. Estive lá, a propósito, e fotografei tudo.

A reação de Kellner não foi além um arquear de sobrancelhas. Eduardo prosseguiu:

— Precisava cobrir suas perdas. A madeira cortada, eu suponho, pode facilmente chegar a um porto qualquer do Oregon e ir parar nos mercados da Ásia. Mas você precisava apagar as pistas, impedir que alguém chegasse até o local e descobrisse o corte.

"Há alguns anos, quando planejou tudo, a orientação das atividades do departamento de polícia da cidade era mais... rural, mais voltada para as atividades de caça e pesca e turismo nas montanhas, eu suponho. Quando o Ato das Espécies em Perigo fechou a área, você só precisou alterar o esquema das patrulhas da polícia, para manter a lei afastada do lugar. Para isso você criou o problema dos corredores..."

— Oh. — Kellner sorriu. — E como fiz isso?

— A princípio você apenas notou que os corredores locais estavam dando trabalho às autoridades. Então decidiu que agravando o problema, poderia desviar a atenção da polícia. E o melhor modo de ação foi através de Shaun Smith e de outros como ele. — Eduardo sabia que mencionar o nome de Smith provocaria alguma reação.

Tinha quase certeza de que Smith seguia as ordens de Kellner, mas não supunha que Kellner soubesse das suas intenções homicidas contra Eduardo. O empresário evitaria ao máximo o contato com o criminoso. Provavelmente nem sabia que os dois já tinham se confrontado.

Kellner não o desapontou. Endireitou-se na cadeira e encarou-o por cima da mesa.

— Você deu a Smith os meios — Eduardo disse. — O *link* de Internet via satélite para a troca de *e-mails*, os mapas digitalizados para que ele se orientasse nas ruas da cidade.

"É claro que para Smith e seus colegas, vir para cá seria um lance vantajoso. A polícia menos preparada dá a eles liberdade nas corridas de rua e nas apostas, mais as drogas que vendem."

Neste ponto, Kellner fez o seu aparte:

— Alguns sacrifícios são necessários, lamento dizer. Mas entenda que o meu interesse maior é o bem-estar da cidade. As corridas ilegais ou o tráfico de drogas são males menores. Se a Faro Softwares estiver bem, logo South River também estará. Posso disfarçar sob a forma de contratos de novos *softwares* os ganhos com a venda da madeira. Eventualmente nós nos tornaremos o atrator que eu primeiro quis que a empresa fosse, e outras companhias virão para cá. O retraimento da economia informacional não vai durar para sempre. Há já uma demanda reprimida de cérebros do setor; há muito a se fazer no campo. Quando as condições forem favoráveis, *nós* estaremos por cima. — Ele tornou a se reclinar, abriu os braços. — De qualquer forma, que a floresta seja derrubada é só uma questão de tempo. Não se importe com isso. Se tirarmos a madeira agora, há chances de que South River venha a lucrar com isso. Mais tarde, a cidade só terá a perder. O consórcio que quer explorar a região é composto de uma empresa do Maine e duas outras do Canadá. Elas estão fazendo *lobby* junto aos juizes federais que examinam o caso. Agora mesmo os velhos bastardos estão freqüentando seminários supostamente promovidos por organizações acadêmicas que pagam todas as despesas de viagem e instalam os juizes em *resorts* com campos de golfe e discretas acompanhantes.

"Por que dar a esses bastardos um pedaço desta terra, sem que eles tenham que dar nada em troca? Com o meu esquema, esta cidade ainda vai *florescer...*"

— Acho que não — Eduardo o interrompeu, cansado da fala escusatória de Kellner. — Ou pelo menos ela terá de procurar uma outra saída.

— Você diz isso porque quer se apresentar como uma pedra em meu caminho — Kellner retrucou, sem se abalar. — Mas posso facilmente pagar para a pedra seja removida. Posso pagar a você, ou...

"...A alguém que me remova", Eduardo completou, mentalmente. Mas o que disse foi:

— Ainda não terminei de contar o que sei. Você ainda não sabe o quanto terá de pagar.

Kellner sorriu, antes de conceder:

— Tudo bem. Vá em frente.

Pensou em contar o que havia descoberto sobre o sumiço do avô de Seymour Bly, mas seria melhor deixar Seymour fora da encrenca — como saber o que Kellner poderia tentar contra ele, se soubesse que o seu adversário na disputa legal teria um novo trunfo em mãos? Melhor continuar centrado na questão da floresta.

— Ninguém voa sobre a área proibida — disse —, porque o espaço aéreo ali é reservado aos caças de uma unidade da Guarda Nacional, segundo eu soube. Os militares provavelmente não sabem do problema, ou não se importam. — Fez uma pausa e apontou para cima. — Mas há a questão dos satélites de sensoriamento remoto. As informações obtidas por eles, da órbita, devem circular entre várias agências governamentais, e o Departamento de Pesca e Vida Selvagem acabaria sabendo.

"Você precisava eliminar este último entrave. Então pensou na conexão que tinha como contratado do Departamento de Defesa. Poderia assim implantar o seu programa-espião nas diversas agências que recebem as fotos de órbita, e ele passaria imagens falsas da área cortada, toda vez que alguma imagem obtida de um satélite fosse enviada de lá de cima.

"Deve ter sido um trabalho imensamente sofisticado, difícil de realizar, porque é preciso combinar as imagens falsas com os padrões de iluminação ou de nuvens daquela hora e dia. Não é por nada que o programa que me deram para consertar está cheio de problemas."

— Tive de organizar três times de programadores — Kellner explicou, em voz baixa. Eduardo compreendeu que novamente ele fora pego de surpresa. — Cada um trabalhava em uma rotina diferente, para que ninguém pudesse ter uma visão geral do que se estava acontecendo. Eu os teria feito revisar o programa assim mesmo, mas a última retração da NASDAQ nos pegou com força, e boa parte dos programadores nos abandonou por outros empregos. — Fez um gesto resignado e sorriu, tentando recuperar a imagem de alguém seguro de si. — As leis trabalhistas na Califórnia dão a eles esse tipo de vantagem, você sabe.

— E então você me trouxe do Brasil para fazer esse serviço, antes que o programa-mestre desse problema. Um jogo arriscado...

Kellner deu de ombros.

— Mas que vale a pena. Eu só não contava que o idiota do Davies não destruísse o material sensível, como ordenei, e terminasse por guardá-lo justamente na casa em que colocamos você.

Eduardo não disse nada. Estava em pé, braços cruzados, encostado no armário de armas de Kellner. "Por que Kellner está voluntariando isso?", perguntou-se. Kellner não se mexeu, mantendo as mãos sobre a mesa e os olhos sobre ele. "Queria que eu eventualmente descobrisse a tramóia toda?" O olhar de Kellner baixou para as suas mãos. "Ou não?..."

Eduardo desencostou-se do armário.

Não o trouxeram do Brasil para resolver os problemas no programa-mestre. É claro que só poderiam ter contrabandeado o supertroiano para as diversas agências, sabendo que ele daria conta do recado. Não correriam o risco de tê-lo apresentando falhas evidentes enquanto em operação — isso sinalizaria a quem o descobrisse que apenas uma fonte teria lançado o programa ilegalmente: o seu fabricante. Na certa a porcaria que haviam passado a Eduardo representava um estágio anterior, do seu desenvolvimento.... Não. Devia haver alguma coisa potencialmente comprometedora a ser realmente corrigida, em meio a todo o material antigo e já solucionado, que lhe haviam passado — *(máscaras sobre máscaras...)* — talvez não na infiltração dos computadores, mas na sintetização de imagem... Alguma coisa que Eduardo nunca teria tempo de descobrir. O que lhe importava agora era a outra razão de Kellner tê-lo trazido do Brasil — para que ele se tornasse o seu *bode-expiatório*, caso o esquema fosse descoberto antes da correção.

— O truque com a madeira não é *nada* — disse, com voz trêmula. — A verdadeira mina de ouro está no próprio *programa*. O corte ilegal é apenas um meio de testá-lo.

Quem o possuísse poderia infiltrar o SubSeven furtivo nos computadores de defesa e de outras agência governamentais americanas e transformar fotos de satélites mostrando deslocamentos de tropas ou a construção de fábricas de armas químicas, em acampamentos de escoteiros ou churrascos paroquiais ao ar livre.

Kellner levantou-se. Abriu a boca para falar, mas Eduardo interrompeu-o.

— Os seus compradores em potencial é que exigiram o teste? Para que países você vai vendê-lo? China, Iraque, Líbia? — Assim que as palavras deixaram os seus lábios, compreendeu que citava três países com os quais o Brasil tivera relacionamentos íntimos, no século XX. Relacionamentos que renderam ao país uma péssima imagem junto ao Primeiro Mundo. Toda a pantomima do protocolo de segurança não era mais do que um truque. Diriam que ele havia roubado os segredos de um projeto qualquer que a empresa pensava apresentar ao governo, e o vendido a nações inimigas dos Estados Unidos. — Você e Davies... — balbuciou, e então riu. — Seus *idiotas*. Vocês apenas queriam-me aqui, de boca fechada, como uma segurança; alguém para o qual apontar o dedo, se o seu esquema fosse descoberto.

— *Okay, okay* — Kellner apressou-se em dizer, levantando os braços como se implorasse. — Vou pagar pelo seu silêncio. Tudo o que você quiser...

— Acho que é tarde demais.

Os braços de Kellner caíram ao longo do seu corpo. Nesse momento, sua figura alta e robusta pareceu patética a Eduardo, ali de roupão, por trás da rica mesa de madeira-de-lei, a calva exposta e avermelhada.

— Já avisei os federais — Eduardo mentiu. — Primeiro sobre o corte ilegal, e, esta noite, sobre o seu programa de espionagem.

— Está blefando. Você não saberia como…

— Um telefonema, e uma cópia de documentos guardada em um lugar seguro. O FBI já sabe onde encontrá-los. Quando chegarem aqui amanhã, você estará terminado, Kellner. Mesmo que me despeça hoje à noite, eu ainda estarei aqui amanhã, para falar com os agentes e me certificar de quê…

Kellner se moveu agilmente, a calva brilhando um segundo à luz que a atingia do teto, quando ele se dobrou para abrir uma gaveta.

Eduardo não se moveu, esperando para ver o revólver surgir na mão direita dele. Então se escondeu atrás do armário de armas. Kellner não poderia correr de trás da mesa para escolher um outro ângulo de pontaria.

Eduardo ouviu o estrondo e sentiu as lascas de madeira do armário fincarem-se em seu couro cabeludo, quando o projétil atravessou o móvel de lado a lado. Um pouco alto, felizmente — mas não ficaria à espera de que Kellner corrigisse a pontaria.

Abaixou-se alguns centímetros, flexionando os joelhos, e empurrou o pesado armário com o ombro. O fôlego lhe saiu como um gemido e depois um berro. Um músculo qualquer estalou em suas costas. Sentiu o móvel alto inclinar-se, um dos vértices riscando o teto, e então, sem que Eduardo pudesse tornar a equilibrar-se, a base do armário alavancou-o do chão e o atirou a cavalo.

Viu a ponta do móvel atingir a beirada da mesa que estava mais próxima dele — enxergou o rosto surpreso de Kellner, por trás do cano do revólver — ouviu as portas de vidro se quebrando e o som de cacos, canos e coronhas sendo despejados — e acompanhou a beirada oposta da mesa subir, atingir Kellner no antebraço e jogá-lo para trás contra a parede. A arma escapou de sua mão e deslizou pela mesa até o chão do outro lado. Eduardo desmontou do armário e apanhou-a.

Kellner estava em pé, as costas contra a parede, os braços levantados num passo congelado de dança.

— Fique assim como está — Eduardo ordenou, em voz baixa. O revólver pesava em seu punho. — Estou saindo agora. Não tente nada. Fique aqui e considere o que vai fazer amanhã. Sugiro que pegue um avião para um país bem distante. Por aqui você está acabado.

Eduardo não sabia se o chefe de polícia Richard Hampton estava ou não mancomunado com Kellner. Os dois eram conhecidos de longa data, e

Hampton recorrera à sua empresa, e não ao FBI, quando do ataque *hacker* nos computadores da central. *Nós aqui limpamos a própria casa.* Mas então, por que Kellner atacaria os computadores do amigo? Estava claro para Eduardo que o sistema criado pela Faro deveria invadir os computadores do Pentágono, os da National Imagery and Mapping Agency e de dezenas de agências internacionais que distribuíam imagens coletadas por satélites civis de órbita transpolar, para cobrir todas as possibilidades. Seria mais do que fácil para ele promover o sumiço dos dados sobre Shaun Smith, dos computadores da central de polícia. Provavelmente tivera o super-SubSeven instalado na central desde o início. Soubera quando a polícia tentara rastrear os corredores monitorando os telefones celulares, e então bolara o sistema de *e-mails* via satélite... Estivera o tempo todo um passo a frente. Ou tudo não passava de mais um esforço de Kellner em cobrir os seus rastros e os de seus cúmplices, Hampton inclusive? Máscaras sobre máscaras...

Quando chegou à Oakridge Street, Eduardo pensou que Hampton de fato jogava no time de Kellner — lá estavam dois *cruisers* parados na sua quadra, com as luzes policiais girando em seus tetos.

Eduardo brecou o Camaro e apagou os faróis. Engatou a ré, mas não arrancou. Não enxergava ninguém nos carros. Lentamente, fez o Camaro seguir adiante. O sangue do ferimento no couro cabeludo descia em filetes por seu pescoço e para dentro do colarinho. O músculo torcido em suas costas o fazia sentar-se meio de lado no assento. Viu que os carros não estavam parados diante de sua casa, mas junto à residência vizinha.

A casa de Sasha Bailey.

Enfiou o Camaro pela entrada até o quintal, desligou-o e saiu sem bater a porta. Podia ouvir uma comoção na casa vizinha. As luzes estavam acesas e vozes alteradas soavam.

Entrou pela porta dos fundos, pensando em ir direto para o quarto no andar de cima, mas deteve-se assim que passou pelo umbral.

O computador e sua tela, a impressora — tudo sobre a mesa da cozinha estava destruído. Em frangalhos, como que atacados a pauladas. Eduardo passou pelos escombros e subiu a escada de dois em dois degraus, ignorando a dor nas costas, agora com o revólver de Kellner novamente em punho.

— Sasha?...

As roupas de cama reviradas... A estatueta de Kent Ullberg, que ficava junto ao abajur na sala, agora sobre o criado mudo. Uma folha de papel fincada no chifre mais longo da mãe rinoceronte.

A vagabunda está conosco. Se quiser revê-la, vá agora mesmo à velha mina, na estrada norte. Leve os documentos com você e nada de tiras, ou ela morre.

Ninguém assinava o bilhete, mas Eduardo sabia que fora Smith. Depois que sua ficha policial desapareceu dos computadores da central de polícia, ele decerto se sentira mais seguro em retornar a South River, e estivera mais próximo de Eduardo do que ele supusera. Significava também que Kellner mantinha-se informado de todos os passos dos seus capangas. Ele teria mandado que invadissem a casa no subúrbio, enquanto Eduardo estava a caminho dela. Talvez em busca dos documentos de que Eduardo lhe havia falado... Mas Smith e Doug ou quem quer que fossem teriam encontrado apenas Sasha, e, depois de confabular com o seu patrão, levado a garota como refém.

Eduardo levara o blefe longe demais. Não tinha documento algum a entregar, além dos que deixara à porta do prédio de Jennifer. Mesmo que pudesse convencer Jen a devolvê-los, Smith não permitiria que saísse vivo da mina.

Foi ao banheiro, despiu-se da cintura para cima, abriu a torneira e mergulhou a cabeça no lavatório. A água coloriu-se de vermelho. Com dedos trêmulos, tirou farpas de madeira e grandes nódoas de sangue coagulado de entre os cabelos. Espreguiçou-se e fez alongamentos, tentando aliviar a torção nas costas. Sentia-se imensamente cansado. O confronto com Kellner, os tiros disparados... E agora Sasha levada dali e mantida como refém.

Ouviu batidas à porta.

Sem pensar, empunhou o revólver. Mas Smith não seria tão bem educado. Provavelmente era alguém da polícia, para interrogá-lo sobre a comoção na casa vizinha. Apanhou uma camisa limpa e uma blusa, procurou nas gavetas o gorro de esqui que havia comprado para enfrentar o inverno, e vestiu-se.

Desceu até a sala. Caminhou rumo à porta da frente, mas deteve-se a meio caminho. Recuou e escondeu a arma atrás do sofá. Ao abrir a porta, viu Jennifer em pé diante dele, uniformizada, de chapéu e com um blusão de couro e gola de pêlo artificial fechado até o pescoço. A estrela do POLICE DEPARTMENT brilhava em seu peito. Nuvens se formaram diante de seu rosto avermelhado pelo frio, quando ela falou.

— Boa noite, Ed. Posso entrar?

— Por favor...

Jen entrou, olhou em torno. Ficou em pé, parada no centro da sala. Olhou mais uma vez à sua volta. Não havia muito o que admirar, ele mesmo o reconhecia. Menos ainda do que no apartamento dela. Fixou os olhos em Eduardo.

— Apanhei sua carta e as outras coisas, hoje à noite — disse. — Não tive tempo de checar tudo. Tive que atender a um chamado.

— O que houve por aqui? — Ele apontou por cima do ombro. — Algum problema com meus vizinhos?

— Mr. Bailey ouviu alguma coisa na rua, durante a noite. Gritos. Ele foi até a janela e viu quatro homens enfiando sua filha em um carro grande. Chamou a polícia e disse que o carro arrancou em alta velocidade. Pensamos que pode ter sido Shaun Smith e seus amigos.

— Sasha... — Eduardo murmurou. — Vocês sabem para onde Smith pode tê-la levado?

— Não. — Ela ainda olhava insistentemente para ele. — Os pais dela pensam que você teria algo a ver com o rapto. Não há sinais de arrombamento na casa deles, e dizem ter visto o carro deixar a rua em frente à sua...

— Eu acabei de chegar da cidade. Fui levar a carta e... as outras coisas, para você. Parei no caminho apenas para comer — ele mentiu.

— Foi o que pensei — Jen disse. E então: — Pude apenas dar uma breve olhada na carta. Eu... Não compreendi a maior parte dela, mas você afirma que a Faro está por trás do corte ilegal, das corridas de rua...

— Eles precisavam de algum truque que desviasse os policiais da floresta.

— Posso ver isso.

— Há muitas outras implicações — ele insistiu. — Mais graves. O material que deixei à porta... É muito importante que ele chegue às mãos do FBI.

— Posso fazer isso, mas... e quanto a você?

Eduardo deu um passo na direção dela. Jennifer reagiu dando um passo atrás, obedecendo a um reflexo. Ele saltou para adiante e a agarrou pelo antebraço. O chapéu caiu da cabeça de Jen, quando ela tentou desvencilhar-se. Ele a puxou para si. Abraçou-a e escondeu o rosto em seus cabelos. Jen correspondeu devagar ao seu abraço. Quando se separaram, ela tinha as faces molhadas.

— Tenho que ir embora — ele disse. — Minha situação aqui é insustentável.

— Eu sei.

— Queria que fosse diferente.

— Eu sei. Mas... você realmente irá embora, Ed? — Jen o mirou por um instante, procurando ler o seu rosto. Então curvou-se e recuperou o chapéu. — *Quero* que vá embora. Volte para o Brasil. Se o FBI precisar de você mais tarde, eles saberão como entrar em contato. Prometa-me que vai sair daqui *agora mesmo*.

— Vou sair em uns poucos minutos.

— Prometa que vai deixar South River. — A voz de Jen parecia ainda mais rouca do que de costume.

Eduardo não disse nada. Não queria mais mentir. Não para ela.

Jennifer colocou o chapéu e caminhou até a porta, de onde o encarou uma última vez.

— Eu...

Ele sorriu palidamente e assentiu. Jennifer fechou a porta.

Ela estava lá fora, quando ele saiu, pronta atrás do volante do Camaro '96 — o inteceptador negro. Eduardo teve de sorrir diante da determinação da moça. Jen queria garantir que ele deixaria a cidade, rumo ao aeroporto mais próximo. Era mais que um gesto, porém — não poderia vencê-la. Seria impossível para ele deixá-la para trás, despistá-la.

Os dois Camaros começaram a descer lentamente a Oakridge Street. Jennifer mantinha as luzes policiais desligadas. Eduardo tentou imaginar uma alternativa de ação. O inteceptador fazia 250 por hora e Jennifer sabia controlá-lo. O Camaro '69 de Eduardo ultrapassava essa marca e era mais rápido no arranque, mas ele não arriscaria solicitar tanto do carro, não nas ruas da cidade. Se tentasse sair do perímetro urbano com ele, Jen estaria bem lá, na sua cola. Conhecia melhor que ele a topografia da cidade, não se deixaria enganar facilmente. E se percebesse que ele se dirigia para a estrada velha, chamaria seus colegas e todos convergiriam para a mina abandonada e a vida de Sasha estaria à mercê de Smith e seus capangas.

Depois de rodar às cegas por dez minutos, Eduardo surpreendeu-se olhando para os lados, procurando por Rino. O rinoceronte poderia tirá-lo da encrenca, como o fizera antes. Talvez distraindo Jennifer...

Mas ele teria aparecido antes, não teria? À porta da casa de Kellner, ou quando ele chegou para ver Sasha e não a encontrou.

Compreendeu que estava sozinho agora. Não havia ninguém a quem pudesse transferir a responsabilidade.

Rodou mais um pouco. Não tinha tempo a perder com esse jogo, porém. Shaun Smith se impacientaria, com o passar do tempo. Em desespero, enfiou fundo o pé no acelerador, mas pensou então nos riscos que Jennifer correria, perseguindo-o em alta velocidade pelas ruas e avenidas. Deixou o rugido irado do motor minguar, engatou a marcha neutra, deixou o carro rolar solitário na rua deserta, até que o interceptador de Jen emparelhasse com ele, do lado direito. Desligou o motor, e saltou do carro.

Jen acionara as luzes policiais, para alertar outros motoristas quanto aos dois Camaros parados lado a lado no meio da rua. Ela o esperava em pé, junto ao interceptador. Eduardo deteve-se diante dela. Os dois trocaram exalações enevoadas.

— O que tem a dizer-me? — Jen perguntou.

— Que não posso competir com você.

— É sábio da sua parte.

— E que se você sente amor por mim, vai me deixar seguir sozinho.

Jen fechou os olhos e comprimiu os lábios, que se fundiram numa fina linha rósea. Os traços em seu rosto, que lhe davam a aparência tristonha, pareciam cortes exangues na pele branca.

— Você sabe que não posso fazer isso. Sou uma profissional da lei e... não posso deixar você arriscar sua vida. — Ela abriu os olhos. — É sobre Sasha, não é?

Um carro passou por eles, e Eduardo o seguiu com os olhos. Entreviu um casal de meia-idade em seu interior, encarando-os insistentemente, tentando entender o que se passava.

— Sei onde ela está. Mas tenho que ir até lá sozinho.

— Não posso deixá-lo ir...

— Gordon Kellner também sabe onde Sasha está.

Jen caiu em silêncio.

— Você tem as provas contra ele com você — Eduardo ofereceu. — Pode fazê-lo dizer onde Sasha está.

— Não pude examinar nada do que você me deu — ela disse. — Não teria como argumentar. Kellner é uma pessoa importante na cidade, eu...

— Precisa de uma desculpa melhor, eu sei... — Fez uma pausa meditativa, então disse: — Espere aqui.

Foi até o carro e apanhou a bolsa com a qual deixara a casa em Upper River. Abriu o zíper e ofereceu a bolsa aberta para ela.

Jen enfiou a mão lá dentro e Eduardo, mesmo sem tocá-la, sentiu o corpo dela se enrijecer.

— Você vai dizer que recebeu uma chamada anônima — ele disse —, informando que há cerca de uma hora houve um tiroteio na casa de Kellner. A mesma pessoa que ligou informou a você onde encontrar a arma disparada, e junto com a arma um pacote de documentos sobre um programa secreto de computador. Essa pessoa também lhe disse que Kellner sabe onde Sasha Bailey está.

Jennifer havia retirado o revólver da bolsa. Segurava-o com dois dedos e cheirava o cano, enquanto Eduardo falava.

— Meu Deus, Ed. Você atirou contra Kellner ou?...

— *Ele* atirou contra mim, mas acabei ficando com a arma. Esse revólver pertence a ele. Vai encontrar suas digitais nele.

— Está ferido? — ela perguntou, seu olhar saltando por seu rosto, seu corpo.

— Um arranhão no escalpo. Estou bem.

O rosto de Jen descoloriu-se um pouco mais, o que parecia impossível. Ela olhou para longe, respirou fundo, tornou a encará-lo. Eduardo podia ver que ela agora vestia por completo a sua *persona* policial, endurecendo-se e refletindo velozmente.

— Por que precisamos dessa história toda de uma chamada anônima? Você vai comigo para confrontá-lo...

— Não.

Ela encarou-o. Seus olhos transparentes piscaram uma, duas vezes.

— Não posso deixá-lo procurar Sasha sozinho, já disse.

Eduardo a segurou pelo braço. Ela tremia.

— Nós vamos fazer uma corrida diferente — disse. — Vou atrás dela, e você vai até Kellner. Se conseguir convencê-lo, ele terá meios de se comunicar com Shaun Smith e dizer a ele para soltar a garota e dar o fora. Então em seguida você dará um alarme geral contra mim, e eu me entregarei ao primeiro carro de polícia que aparecer. De qualquer forma, até que eu chegue ao lugar em que estão, Smith terá deixado Sasha em paz e estará fugindo. Não haverá confrontação alguma.

Ela balançava a cabeça, enquanto ele falava.

— Não posso fazer isso.

— Então você vai ter de apontar a sua arma para mim e prender-me — Eduardo disse. — Porque eu vou entrar no meu carro e correr o mais rápido que puder, e se for atrás de mim um de nós dois vai acabar batendo a mais de cem milhas por hora e você vai perder a chance de tirar de Kellner a localização de Sasha e terminar isto tudo sem sangue derramado. O dela ou o meu.

— Ed, por favor...

Ele lhe deu as costas e correu para o seu Camaro. Não olhou para trás, enquanto ligava o motor e fazia o carro arrancar com toda a sua potência. Foi pelo espelho retrovisor que viu a figura solitária da mulher que amava em pé em meio a uma nuvem de borracha queimada, colorida pelas luzes girantes.

Dirigiu rápido até deixar os limites urbanos da cidade, e em nenhum momento enxergou pelos retrovisores o interceptador negro. Jennifer... Tornaria a vê-la?

Rumou direto para o atalho que Rino lhe havia mostrado. Desta vez o Camaro perdeu a aderência ao subir a inclinação que levava à estrada, e foi bater com o pára-choque traseiro em uma árvore, num toque brando. Apressado, Eduardo tornou a acelerar e o carro subiu a grama escorregadia até o asfalto lá em cima.

Teve de reprimir a impulso de arrancar a toda força. Ao invés, tirou o pé do acelerador e deixou o carro rolar em ponto morto por várias dezenas de metros, passando a ponte. Se pisasse fundo, o rugido do motor V8 chamaria a atenção dos policiais que ainda deviam manter o seu posto na saída da estrada proibida, não muito longe de onde estava.

Mas ao passar pela primeira curva acendeu os faróis altos e deixou o supercompressor trabalhar. O Camaro foi a 100, 150, 200, 220, o *blower* zunindo alto na noite. O focinho do automóvel engolia a estrada numa velocidade que transformava a desbotada faixa interrompida no seu centro em uma única linha contínua, e às árvores ao redor em borrões metralhados de luz refletida nos troncos.

Eduardo então, dentes cerrados, permitiu que a velocidade caísse. Precisava de tempo para pensar no que fazer quando chegasse à mina. Sua corrida desceu para 200, 180, 100... Sasha estava lá com Smith e seus comparsas. Eduardo não tinha nada a mostrar a eles além da sacola de roupa suja no porta-malas do carro — e deixara o revólver de Kellner com Jennifer...

Estava certo de que Smith não permitiria que saísse vivo da mina. Por um instante pensou em tudo o que dissera a Jennifer há pouco, a possibilidade de ela convencer Kellner a desistir de tudo. Talvez ele o fizesse, se soubesse que os documentos estavam com a polícia e que as coisas se complicariam ainda mais com seu envolvimento em um duplo assassinato. Mas no fundo duvidava que Kellner se submeteria. Ele tentaria ganhar tempo; talvez recorresse ao seu amigo, o chefe de polícia Hampton, para reaver os documentos de Jen; talvez se escondesse atrás dos seus advogados. E com Smith fazendo um bom trabalho e ocultando bem os corpos de Sasha e Eduardo, Kellner ainda teria uma chance de sair limpo.

Abandonou o exercício de "pensar como Kellner" e tentou pensar como Smith. Ele não estaria esperando dentro da mina. Estaria do lado de fora, é claro, preparado para fugir se Eduardo não cumprisse o acordo e a polícia aparecesse. Talvez até chamasse um dos seus amigos motorizados e o colocasse a algumas centenas de metros antes da mina, para alertá-lo da aproximação da polícia.

Decidiu então que não iria com o Camaro até a mina. Saltaria antes e caminharia até lá. Espiaria, ao abrigo das árvores, a Smith e seus comparsas e pensaria em outra solução. Alguma coisa poderia lhe ocorrer... ou Rino apareceria.

Parou o Camaro à beira da estrada, em um ponto no qual as árvores se abriam o bastante para esconder o automóvel. Antes de se meter na floresta, apanhou a mochila no porta-malas.

Caminhou na direção em que supunha ficar a mina, por cerca de meia hora. Tropeçava no escuro. Parou ao ouvir gente falando, música tocando. Estava próximo da mina. Por entre os troncos viu o pátio abandonado e dois carros parados diante da entrada. Smith não viera sozinho.

Abandonara o Chevelle SS preto. Tinha agora um Plymouth Roadrunner marrom, amassado. O outro carro era um Dodge Dart. Eduardo contou cinco rapazes em torno dos carros — e ao menos uma arma automática, o cano e o guarda-mão aparecendo por cima da capota do Dart, que tinha o motor ligado. O sujeito que a segurava fumava e conversava com os amigos. Despreocupados. Só podiam ter alguém guardando a estrada, mais acima...

Onde estava Sasha?

A cabeça da garota apareceu por um momento, no banco da frente do Roadrunner, por trás dos vidros embaçados.

O que fazer?

Eduardo ficou ali, esperando. Esperando que Jen convencesse Kellner e que ele ligasse para Smith, cancelando tudo; que Rino aparecesse; que algum truque lhe ocorresse. Que pudesse ser o herói e salvar o dia, salvar Sasha — que não fazia bem a figura de uma donzela, apenas uma garota perdida e em perigo — e salvar sua própria vida.

Esperou e esperou e pôde ver durante todo o tempo que a impaciência de Smith e seus comparsas espelhava a sua. Pensou então em retornar pela mata, apanhar o carro e fazer um ataque suicida — atiraria o Camaro contra um dos carros, sairia no meio da confusão, pegaria Sasha e os dois se enfiariam na floresta. Não. Seria loucura... Eles tinham armas automáticas...

Em desespero, imaginou que poderia mostrar-se a eles, falar com Smith, tentar convencê-lo de que a polícia estava agora com Kellner, que o chefe não mais poderia protegê-lo. Era melhor abandonar tudo, deixar a garota ir, e não complicar ainda mais sua situação. Não. Smith não se deixaria convencer; não com todos os seus amigos em volta, dedos no gatilho esperando que Eduardo aparecesse.

"Deus, o que eu *faço*!" implorou, mas era ao rinoceronte-negro que rezava. Apoiou as costas em um tronco e olhou em torno, tentando varar a escuridão e divisar em algum ponto a silhueta do rinoceronte. Ou ouvir o ruído de suas passadas, do seu resfolegar... Mas ouviu apenas a conversa dos bandidos, o som de uma canção indiscernível no rádio, e... O quê? Soluços. Sasha. Voltou-se para o carro em que ela estava, viu-a sentada no banco do passageiro, na frente... Estava um pouco mais direita, agora, e ele podia ver que ela chorava.

"Deus..."

Smith também se incomodava com o choro, pois foi até o carro e falou insistentemente com Sasha. Eduardo pôde ouvir claramente as palavras gritadas no ar frio, mas sua mente não registrou seu significado. Sasha calou-se. Eduardo agradeceu em silêncio por isso, e tornou a revisar suas opções. Nada de novo lhe ocorreu. A melhor chance estaria, talvez, em falar com Smith e contar-lhe que Kellner estava comprometido.

Desistiu novamente. Condenou a si mesmo por ter entregado o revólver de Kellner a Jen. A arma com que Gordon Kellner tentara matá-lo... A sensação de medo o atingiu como um golpe no estômago. Tornou-se consciente da dor no couro-cabeludo e nas costas. Passara tão perto de morrer — tão perto como estava agora.

O que fazer?

Seus pensamentos pararam de se agitar, de percorrer os mesmos caminhos. Estava atolado. O tempo passou. A única coisa que Eduardo sentia era o frio, a dor dos ferimentos, e uma imensa solidão. Smith, seus comparsas e Sasha desapareceram de sua mente, apagados feito tudo o mais à sua volta, como num desmaio. Só havia Eduardo em toda a floresta. Isolado ali, a única coisa viva em pé numa planície desértica. Podia ver-se da órbita da Terra, um homem apoiado contra um tronco petrificado. A única vida a ser salva. Chegou realmente a dar um passo adiante, rumo ao interior da floresta, mas deteve-se.

Não podia fazer isso. Mas, por que não? O que ele era para Sasha, afinal? Alguém que ela tentara manipular, para conseguir a droga de que precisava. Mais tarde, apenas um cara junto a quem se esconder... E para os pais dela? Um motivo de embaraço, o negro estrangeiro que, ao se importar com sua filha, envergonhava-os por não cuidarem dela como deviam. Para South River? Um emigrante como outros, alguém que veio de um país pobre de outro hemisfério, para enriquecer com a nova Corrida do Ouro que a América prometia. Eduardo lembrou-se que era para isso que viera aos Estados Unidos: *ficar rico*. Beber das oportunidades que o país tinha a oferecer. Para que expor Kellner, salvar uma floresta que já estava condenada?...

Para que arriscar sua vida, arriscar-se a nunca mais ver Jennifer? Lembrou-se do seu rosto empalidecido ainda mais pelo frio, as linhas de tristeza em suas faces, quando minutos atrás a deixara plantada no meio da rua. Ela tentara protegê-lo. Queria que ele partisse, que se colocasse em segurança, mas... como ela reagiria se soubesse que estivera ali, vira Sasha, e *fugira*?

Sentia vergonha, agora. Primeiro um sentimento distante, pequeno. Mas que foi crescendo na mesma medida em que crescia um rugido no ar, um tremor entre as árvores.

Cerrando os dentes, Eduardo se virou mais uma vez e preparou-se. Mas não, o troar não provinha de uma caravana de viaturas policiais que chegava. Era o ruído das turbinas de um caça a jato, mais um F-15 em vôo noturno. Em sua confusão mental, porém, Eduardo manteve a convicção de que era isto o que precisava — que a aeronave vinha a seu serviço, faria um rasante — um ataque de apoio cerrado —, bombardearia o pátio, e, na correria, Eduardo saltaria de onde estava para resgatar Sasha.

Deu dois passos adiante, mais dois passos incertos, deteve-se junto a uma árvore mais próxima da mina. A mochila escapou de suas mãos; ele inclinou-se e apanhou-a. "O que estou fazendo!"

Viu Shaun Smith tranqüilizar os seus comparsas.

— Isso acontece a toda hora! — ouviu-o gritar, por cima do rugido. — Não tem nada a ver conosco!

O ruído do F-15 começou a enfraquecer. Os sujeitos se acalmaram um pouco. Um deles riu. Eduardo avaliou sua posição. Menos de quinze metros o separavam de Smith e dos outros. Ninguém o percebera ainda. Talvez pudesse correr até eles, tentar se apoderar de uma das armas... Correria para o sujeito com a mini-Uzi... Iria se atirar sobre ele e arrancaria a submetralhadora das suas...

Ouviu novos gritos.

— *Hey! Hey!*

Um dos caras tinha um *walkie talkie* em punho, e o brandia na direção de Smith.

Smith correu até ele e pegou o aparelho, segurou-o contra o ouvido, falou algo ao microfone, devolveu o *walkie talkie* e chamou os outros para junto dele. Eduardo imediatamente pensou que Kellner o chamava, mandando cancelar tudo. Salvo pelo gongo! Mas Smith falava insistentemente, e Eduardo só o compreendeu as palavras "*get the bitch*".

Dois homens arrancaram Sasha do Roadrunner.

— Aqui? — um deles perguntou, dirigindo-se a Smith.

— Agora não! Vamos esperar o resto do pessoal, aí fazemos o serviço e caímos fora todos juntos.

No mesmo instante, Eduardo ouviu o ronco de um V8. Um Mercury Cougar azul apareceu, com dois caras dentro.

Então Smith havia realmente colocado alguém para alertá-lo quanto à aproximação de alguém. A polícia?...

"Jennifer", pensou. Ela não conseguira tirar nada de Kellner, mas de algum modo deduzira onde Smith se escondia. É claro, um ponto na estrada abandonada... Smith vinha do Oregon e teria que passar por ela para chegar incógnito a South River. Ele provavelmente conhecia um atalho, como o que Rino havia mostrado a Eduardo, e por ele passara com Sasha.

Sentiu orgulho de Jennifer — e *medo* por ela, que se precipitava para uma situação de perigo, armada em parte por ele.

— Onde estão os tiras? — Smith perguntou, para o passageiro do Mercury. Eduardo reconheceu Doug, quando ele saltou do carro.

— A cinco minutos daqui, no máximo — Doug disse.

— *Okay*, entre no carro. — Smith voltou-se para os outros. — Peguem o seu carro — disse aos pistoleiros que vieram no Dodge. — Nós vamos terminar com a vagabunda. *Ali* — apontou para o ponto em que a estrada se alargava, para o pátio da mina. — Vamos atirar nela *ali*. Deste modo pelo menos alguns dos tiras vão ter de parar para cuidar do seu corpo.

Eduardo esperou que o Mercury se encaminhasse para a estrada e que o Dart estivesse cheio com seus quatro passageiros e as portas fechadas. Um dos homens de Smith entrou no Roadrunner e ligou o motor. Smith e dois outros começaram a arrastar Sasha para o ponto em que pretendiam executá-la. Ela tentou resistir, chegou a libertar-se de um deles. Smith deu um salto para trás e a esmurrou com tanta força que ela dobrou os joelhos. Os dois capangas tornaram a arrastá-la para adiante.

Eduardo abandonou o seu esconderijo e todas as dúvidas, e começou a correr.

Após uma curta corrida, Eduardo atirou a mochila contra o rapaz que segurava o braço direito de Sasha,pegando-o completamente de surpresa. O impacto não o derrubou, mas assustou-o o bastante para que soltasse a garota. O outro foi derrubado por Eduardo, que o agarrou pelo pescoço e o jogou no chão, usando o seu próprio peso para deslocá-lo.

— Corra para a mina, agora! — gritou para Sasha.

Não esperou para ver a sua reação. Shaun Smith estava parado diante dele, olhando-o de olhos arregalados. Quando Smith desviou o olhar para os seus amigos no Roadrunner, Eduardo deu um salto para adiante e o chutou no meio do corpo. Smith cambaleou para trás, e por um segundo Eduardo não soube o que fazer — correr para a mina com Sasha ou?... Melhor fugir na direção oposta, para dividir a atenção dos bandidos.

Foi isso o que fez, correndo para o abrigo das árvores. Ouviu imediatamente os primeiros disparos. Fogo rápido, cadenciado de armas automáticas. Primeiro uma submetralhadora disparando, depois outra — e o zumbido duro dos projéteis à sua volta. "As árvores!" gritou para si próprio, enquanto corria.

Sentiu um golpe do lado direito do pescoço.

Colocou a mão no ponto atingido, e foi como pressionar a palma da mão contra o jato de uma torneira quente, semi-aberta. Um dos vasos principais do pescoço fora rompido. Eduardo cambaleou.

Precisava manter o ferimento fechado, ou a perda de pressão sangüínea o faria desmaiar, e então seu sangue escaparia livremente até que o coração parasse.

Ouviu mais disparos. Um som distante. Agora os zumbidos eram acompanhados pelo ruído claro dos projéteis penetrando a polpa macia das árvores ou o solo fofo da floresta.

Eduardo ouvia algo mais, porém. Motores potentes rosnando, enquanto o Mercury e o Dodge arrancavam. Estavam fugindo. Apenas os homens de Smith, no Roadrunner, ainda disparavam. Em mais um segundo Eduardo soube por quê.

Sirenes de viaturas policiais, acompanhadas de mais sons de motores, agora chegando perto e não indo para longe.

— *Jen...* — ouviu-se gemendo, por entre o matraquear de mais uma rajada, e no mesmo instante sentiu qualquer coisa rasgar-se em seu abdômen.

Sua boca se encheu do sabor metálico de sangue, forçando-o a cuspir. Apoiou-se em um tronco. Já não ouvia mais disparos, apenas a sirenes e o ruído rouco dos motores se aproximando.

Com a mão livre, tateou o próprio corpo. Dedos trêmulos encontraram uma abertura na barriga, um pouco à esquerda do umbigo. Fora atingido no pescoço *e* na barriga, então... Nas costas — a ferida na barriga era o orifício de saída do projétil... "Tudo bem, eu só preciso me agüentar um pouco..." pensou. Os policiais já estavam ali, podia ouvir as sirenes bem ao seu lado... portas batendo, novas vozes soando...

Tentou gritar por ajuda, mas a voz falhou. Aturdido, engasgando com o próprio sangue, descobriu-se sentado contra o tronco. "Só preciso agüentar um pouco", insistiu, "manter a mão na ferida no pescoço..."

Mas sentia o entorpecimento do seu braço direito. Um formigar arrebatador, um peso imenso... "Mais um pouco, mais um pouco..." implorou. Mas sentiu o braço cair em seu colo e foi como se tivesse levado uma pancada na cabeça — tudo em redor perdeu os contornos, seu corpo fora como que arrancado dele. Sentia apenas o coração bater, *ba*ter... *ba*ter...

Tarde demais então. Não voltaria a ver seus pais, seus amigos ou o Brasil. Morreria ali, um imigrante desastrado na terra dos ricos, que viera tentar o sonho americano. Um brasileiro perdido...

Ao menos Sasha tinha agora uma chance, por algum tempo.

E a floresta, por algum tempo...

Subitamente, como se um botão fosse acionado para mudar os canais receptores de seu cérebro, pôde ouvir com grande clareza um som conhecido — a mistura de resfolegar e balir que constituía o chamado do rinoceronte. O volume escuro de Rino caminhou com leveza diante dele.

— Aí está você — Eduardo murmurou, embora não ouvisse a própria voz. — O arauto da "grande perda" que vinha me ameaçar. Claro. Estou perdendo a *vida*... Tudo o que você queria é que eu salvasse a floresta... ou Sasha... ou trouxesse à luz a verdade sobre David Bly... ou... Por quê?... Jen. Nunca mais vou vê-la...

Pensou na loura de voz roufenha, tentando invocar imagens da mulher amada — e de imediato ela se apresentou, o rosto tristonho avermelhado pelo frio, afastando-se sob a nuvem de borracha queimada... Outras imagens, precisava de *outras* imagens... Jennifer curvando-se sobre a mesa, no dia em que se conheceram; seu rosto pálido adornado de gotículas de suor, enquanto caminhavam ao sol; sentada à mesa diante dele, comendo e conversando; correndo para ele, em seu primeiro encontro; Jen na praia, no maiô cinza-escuro; nua sob ele, o rosto contraído de prazer...

A vida esvanecia-se à sua volta. Abandonava seu corpo como um cobertor que ele deixava cair dos ombros....

Eduardo piscou demoradamente, e tudo o que pôde ver foi o imenso focinho de Rino, parado diante dele, narinas úmidas palpitando enquanto o farejava — e atrás dele imensa planície semidesértica espraiando-se até o horizonte. O focinho de Rino o cutucou com infinita delicadeza, e Eduardo se decidiu a abraçar o seu chifre maior, para levantar-se.

Sentiu os pés nus sobre a terra áspera. Olhando para baixo descobriu que suas roupas haviam desaparecido. O sol tornaria a sua pele escura rapidamente, agora que não tinha mais com o que se cobrir, todas as máscaras derrubadas.

Em pé, olhou em torno. Contemplou as acácias mirradas da savana, fundo no horizonte o vulto azulado, esmaecido de uma cadeia de montanhas, e acima de sua cabeça um céu tão profundamente azul que lhe pareceu poder ver o brilho pálido de estrelas, mesmo com o solo banhado de sol e o ar perto do chão tremeluzindo de calor. Não havia nada humano à sua volta, nada de humano que pudesse encontrar se caminhasse um dia inteiro em qualquer direção.

Rino distanciou-se dele com quatro passos para trás, virou-se e correu um semicírculo à sua volta, levantando uma cortina de poeira amarela. O rinoceronte bufou, agitou a cabeça para cima e as orelhas e Eduardo sorriu. Em torno deles, a poeira subiu e então assentou.

Era tudo tão estranho, tão diferente e alienígena, mas ao mesmo tempo conhecido, um lugar outro que sempre trouxera com ele e que ele sempre habitara. Pensou no que sentira momentos antes, em contraste com esta tranqüilidade inquietante. Lembrou-se do medo, enquanto corria pela floresta; a excitação, a breve sensação de que seria capaz, conseguiria escapar — sua vida continuaria porque a sentia exigindo tudo o que ele podia dar, batendo forte em seu peito com a energia de um motor potente chamando os últimos cavalos-vapor no ápice da corrida. E então, o fim. E o despertar num ponto qualquer de descanso, além da linha de chegada.

Tudo tão estranho... E, surpreendentemente, ele não se sentia mal. Ao contrário, sentia a mesma coisa que sentira ao correr perseguido pelos projéteis, pensando que Sasha agora teria uma chance, que Bly se lembraria dele com gratidão, e que Jen se orgulharia dele.

Eduardo sentiu *júbilo.*

EPÍLOGO

Em três dias da semana, Jennifer Adams chegava do trabalho ao final da tarde. Nesses dias, ensinava pilotagem policial na Academia de Polícia de Oakland. Nos outros — inclusive dois fins de semana por mês —, cumpria os turnos regulares junto à Divisão de Operações de Tráfego.

O Departamento de Polícia de Oakland a aceitara de volta, depois que sua atuação em South River se tornara conhecida junto ao meio policial da Califórnia.

Simultaneamente também se tornara conhecida a sua situação insustentável na pequena cidade, e seus antigos superiores se lembraram dela. Foi bom poder voltar a Oakland. Voltar para casa, e estar junto da Mãe.

Ao chegar, Jen logo perguntou a ela:

— Como está Edward?

— Bem. Passou o dia todo do estúdio.

O estúdio pertencera a Papai. Usavam-no agora como quarto de TV. Jen suprimiu o impulso de correr para Edward. Decidiu beber algo antes, na cozinha. Um chocolate quente, que a Mãe ajudou a preparar. Jen vinha mantendo o peso ideal há quatro anos, e deixara de se incomodar com uma ou outra caloria a mais, de vez em quando.

Ele nunca soube que ela começara a dieta no exato dia em que o vira entrar pela primeira vez na central de polícia de South River. Ele entrara e falara com ela, mostrara-se ansioso e atrapalhado, e o tempo todo ela sentira, mesmo evitando encará-lo diretamente, a sua presença forte como um sol tropical. Parecia mais vivo, mais *real* do que todas as pessoas que Jen havia conhecido desde que chegara a South River. South River... O lugar que escolhera para se esconder, imaginando que se reinventava. Escondia-se atrás do novo uniforme, atrás dos doces e sorvetes, atrás do volante do interceptador que hesitava em empregar.

A lembrança da interceptação daquela noite voltou à sua mente com nitidez extrema — o pesado Roadrunner de Shaun Smith em fuga, quatro homens em seu interior mais as armas que carregavam, a traseira instável iluminada pelos faróis do seu Camaro especial. O outro motorista cometeu o erro de acelerar na mesma medida em que se aproximava o interceptador — seu Roadrunner saiu da estrada e abriu uma brecha entre as árvores no acostamento, a mais de 100 milhas por hora. Um dos passageiros do banco de trás quebrou o pescoço, mas Smith milagrosamente sobreviveu para contar como Gordon Kellner o havia procurado para que organizasse as corridas ilegais na cidade, oferecendo a ele o tráfico de drogas como bônus. "Smith", quando ainda chamava a si mesmo de Shaun Milligan, fizera parte da antiga equipe da Faro, antes que Kellner a adquirisse, e fora demitido por ele ao cometer uma pequena fraude contra a empresa. Um ano depois, fora preso por tráfico de drogas em San Francisco. Para a sua surpresa, Kellner pagou o seu advogado no caso, e ele foi liberado.

Shaun Milligan também contou como Kellner havia ordenado o seqüestro de Sasha Bailey.

Mas o que colocou Gordon Kellner em uma prisão federal, porém, foram os documentos que Ed havia reunido. Kellner não foi condenado a passar o resto da vida na prisão por ter causado transtornos à sua cidade natal, por ter atentado contra o meio-ambiente ou contra a vida de uma menor de idade.

Boa parte do julgamento fora mantido em sigilo. A América mudara tanto desde setembro de 2001, pouco após os incidentes em South River... Kellner, porém, teve o tratamento mais rigoroso, reservado àqueles que ameaçavam a segurança nacional e embaraçavam a política de defesa do governo. Jen ainda não entendia bem o que era o programa de computador que a Faro construíra e tentara vender aos inimigos do seu país, e tivera de assinar um termo federal de sigilo, apenas por ter lido o material que Eduardo havia lhe entregado. Um manto de sigilo envolvia os detalhes das acusações que pesavam sobre Kellner — para poupar da justiça outras corporações que estariam envolvidas com ele e o seu esquema, diziam alguns.

Jennifer estivera na casa de Kellner, na qual entrara a muito custo, argumentando com ele — apostando aquela louca corrida com Ed —, quando tivera o *insight*. Contemplara por um instante o telefone sobre a mesa, ao lado do *lap-top* negro com *modem*, e o armário perfurado por um disparo de .357 Magnum, e as cabeças empalhadas e penduradas na parede. Lembrara-se também dos papéis reunidos por Eduardo, e teve então a certeza de que tudo convergia para a floresta proibida. Ao deixá-lo para falar com Kellner, tivera a clara impressão de que Eduardo saía da cidade e rumava para a floresta. Se ele conhecia um atalho que o permitia contornar o *stake-out* montado pelo chefe Hampton, Shaun Milligan também poderia ter os seus próprios meios de entrar e sair da cidade sem ser descoberto.

Jen deixara Kellner e suas mentiras e convencera Hampton a dar busca nas vizinhanças da antiga mina. O chefe não a vinha tratando com grande confiança, desde que ela revelara, com a ajuda de um civil e estrangeiro, a entrada norte dos corredores, mas ela conseguira fazê-lo enxergar a urgência da busca.

Depois da interceptação de Milligan e seus comparsas, recebera pelo rádio a confirmação de que Sasha Bailey estava viva e bem — apesar de alguns hematomas e dos estojos deflagrados de munições espalhados por toda parte testemunharem uma circunstância mortal no lugar. E ninguém encontrara rastro algum de Eduardo. Sasha o vira, e dissera que ele salvara a sua vida. Jen chegou a nutrir a esperança de que ele tivesse escapado, que estivesse tranqüilamente a caminho de volta ao Brasil, deixando para ela e todos os outros envolvidos o mistério de quem ele era realmente.

O corpo então fora encontrado entre as árvores, vinte ou trinta passos do pátio da mina. Jennifer o vira ali, encostado em um tronco, exangue, mas com um estranho sorriso nos lábios. Tarde demais... Sasha estava bem e os caras maus iriam para a prisão, mas fora tarde demais para Eduardo.

E *por quê*? Por uma garota drogada e prostituída, que agora não falava mais com os pais, mas que freqüentara uma clínica pública de desintoxicação em Oakland, que fazia escola noturna e que arrumara um emprego ali mesmo em South River, nos escritórios da velha mina Bly. Sasha escrevia para Jennifer duas ou três vezes por ano. Agradecia o seu recomeço e sua nova vida a Eduardo, e Jen não deixava de comover-se — mas era Eduardo quem ela desejava ver com vida.

Jen conversou um pouco com a Mãe, falando de como foi o dia no trabalho. Então terminou o chocolate e decidiu subir e ver Edward.

Galgou os degraus lentamente, esperando que a porta se abrisse e ele viesse recebê-la, mas Edward estava tão distraído que foi ela que abriu lentamente a porta para vê-lo deitado no tapete, desenhando.

O garoto de quatro anos demorou em notar a sua presença, mas quando o fez, atirou-se em seus braços.

— Mamãe está aqui, Ed — Jennifer disse.

Todos os dias ela tentava controlar a sua enorme alegria em ser mãe do pequeno Edward Adams, mas só o que conseguia era adiar um pouco a explosão de carinho com uma xícara de chocolate ou meia-hora no supermercado ou em uma livraria, antes de voltar para casa. Tanto amor a tornava vulnerável. Ela o sentia assim, sempre que estava com menino, talvez porque falhara em salvar seu pai, naquela noite na floresta. Se tivesse parado junto a mina e procurado por ele, ao invés de perseguir os bandidos, talvez ainda pudesse socorrê-lo, deter a hemorragia...

Passara algumas semanas visitando o psicólogo da polícia em Oakland, já um velho conhecido, conversando sobre esta nova culpa que carregava. O psicólogo a ajudara a compreender que não poderia fazer nada, que Eduardo fizera as suas próprias escolhas. Racionalmente ela podia entender, mas emocionalmente era muito difícil aceitar que seu filho cresceria sem o pai. Que ela envelheceria sem o amante.

Fora tudo tão rápido, tão irracional... Eduardo fizera o exame antes de entrar no país, e ela ao ser aceita pela central de polícia de South River — e Jen resolvera apostar na tabela, uma única vez. Quando faziam amor lentamente, tão envolvidos um com o outro naquela noite em que ele trouxera rosas para ela, o amor que faziam era como a vida que viviam, e interrompê-lo seria como parar de respirar... "Oh, quanta irresponsabilidade", pensou, observando o filho, que já retornara ao desenho, papéis e canetas coloridas jogados sobre o tapete. Ali estava ele, tão perfeito e precoce, inteligente e bonito... Algo irreversível em sua vida — impossível apagá-lo por meio de um pensamento retroativo, de uma consideração racional. Sua racionalidade, seu controle sobre as coisas paravam ali, reconhecia.

Devagar, desviou os olhos do menino e mirou a foto que mantinha na estante. Eduardo Câmara, à beira do Rio Klamath, o sol batendo em seu rosto pensativo, e colorindo o contorno suave da pedra em que se sentava. Era a única foto dele que Jen possuía. Fora presenteada a ela por Seymour Bly, o dono de um afastado *gas station* em South River. Logo após a morte de Eduardo, Bly procurou-a com mais fotos digitais que Ed havia obtido, e mantido secretas. Jen havia auxiliado Bly com a investigação da morte do homem que aparecia nas fotos, conforme Ed havia pretendido. A autópsia revelara que David Bly, o avô desaparecido de Seymour, fora morto com três tiros de .44, disparados provavelmente de um revólver. A sua identidade fora estabelecida a partir de uma cuidadosa análise de ADN.

Nunca, é claro, seriam capazes de descobrir os perpetradores de um crime realizado há mais de cem anos. Mas a notícia se espalhou e certamente contribuiu para afetar ainda mais a situação de Gordon Kellner — cujos advogados, focados agora em salvá-lo da prisão federal, não puderam mais se dedicar ao processo envolvendo a velha mina.

A sorte de Seymour Bly havia mudado para melhor, e duplamente. Em pouco tempo sua família recuperou a propriedade da mina, que acabou recebendo autorização de funcionamento, mesmo dentro da região florestal protegida. E agora ele possuía aquilo que sempre faltara a Kellner — um mapa marcando a posição de uma rica e ainda não explorada jazida. Outra descoberta e outro presente de Eduardo...

Jen sorriu palidamente, olhando agora para o seu filho. Ele não se parecia tanto com o pai. O tom acaramelado da pele estava ausente, assim como cabelo grosso e crespo. Talvez no futuro o cabelo de bebê engrossasse e escurecesse, mas a pele seria só um pouco mais morena que a de Jennifer. Por alguma razão, ela não apreciava esse fato. Com certeza facilitaria a vida de Edward, que escaparia de ser reconhecido e tratado como mestiço, mas havia uma perda aí também, e por essa perda Jennifer lamentava.

Ano passado viajara ao Brasil com a criança pequena, para que ela conhecesse seus avós paternos. O casal se mostrara comovido e extremamente atencioso para com ela e o neto. Eram um homem espigado e uma mulher magra, ambos de pele escura, bronzeada, e de modos recatados. Aceitaram os dois sem reservas. Agora Jen esperava a visita deles no próximo Natal. Queria manter o contato com o lado brasileiro da família de Edward.

A mãe de Eduardo contara a ela as histórias dos seus avós, aquelas narrativas cujo sentido ele acreditava estarem vivas no seu próprio caráter.

O bisavô paterno de Eduardo, pai da sua avó paterna, fora um *agregado* (Jen tivera que pesquisar o sentido da palavra) em uma colônia de imigrantes italianos, junto a uma fazenda no Estado de São Paulo, ainda no décimo-nono século. Vivera ali com a família em regime de servidão, sendo forçado a comprar apenas do armazém da fazenda e tendo sua liberdade de ir e vir cerceada pela eterna dívida junto aos patrões. Para levar a mãe à capital e dar-lhe tratamento médico, teve de apontar uma pistola ao capataz.

Já o avô materno fora um *delegado*, quase um xerife da pequena cidade do interior do Estado de Minas Gerais, onde vivia pobremente com a mulher e sete filhos. Logo após ter sido apontado para o cargo, foi procurado pelos *bicheiros* da cidade (os pais de Eduardo explicaram a Jen que esses eram os promotores de uma espécie de jogo ilegal). Eles queriam que o novo delegado não combatesse a contravenção. Seria pago por isso e poderia tirar a família da pobreza, talvez mesmo alcançar alguma prosperidade, deixar alguma coisa mais substancial para os filhos.

Mas o delegado recusara-se.

Jennifer demorou a compreender. Por um lado, a necessidade de afirmar a sua própria vontade contra o arbítrio, pondo a própria vida em risco; por outro lado, o desejo de fazer a coisa certa, de contribuir para com o conjunto da sociedade — novamente ao risco da própria vida.

Eduardo não se esquivaria da luta que se apresentasse. Mas ainda assim, não bastava para explicar tudo o que ele havia feito, em tão pouco tempo em South River. Permanecia um senso de mistério, a sensação de motivações invisíveis...

Ele certamente salvara a floresta. O escândalo em torno da traição de Gordon Kellner atingira South River com tanta força, que as posições em torno da atividade madeireira da área em litígio penderam rapidamente para o lado da conservação. A própria idéia de que um brasileiro vindo de tão longe tinha perdido a sua vida para proteger os bosques de South River de algum modo calou em seus habitantes, que se uniram num breve movimento ambientalista que chegou até as esferas federais e motivou um veredicto favorável. Talvez não durasse muito tempo, Jen suspeitava, mas manteria a floresta viva pelos próximos oito ou dez anos — ou mais. Queria crer que por mais. Afinal, Eduardo dera a sua vida por ela.

Havia ainda o caso da velha Mina Bly. A família desejava retomar o seu funcionamento, explorando a nova jazida, da maneira mais rápida — e conseqüentemente menos cuidadosa — possível. Apenas Seymour Bly discordava. Convencera os irmãos e a mãe a buscar os métodos mais limpos de mineração, a fim de preservar ao máximo a floresta em redor. Mais que isso, convencera sua família a destinar parte dos lucros a um fundo nomeado em homenagem a Eduardo Câmara, voltado para a preservação e futura transformação da área em um parque nacional.

Na verdade — Bly informara-a em uma visita que ela fizera à sede da nova empresa mineradora —, ele era apenas um elo em uma cadeia de convencimento. Havia conhecido Sasha Bailey na mesma clínica de recuperação de viciados em drogas, que ele freqüentara. Bly, depois de receber a notícia de seu futuro de prosperidade, havia relapsado em sua abstinência de cocaína, e se internado nessa clínica em Sacramento. Sasha o convencera a apelar à sua família, em favor da proteção da floresta, argumentando que era isso o que Eduardo havia desejado. E essa informação, claro, Sasha obtivera de sua correspondência com Jennifer. Isso tudo acontecera há menos de um ano atrás, então ainda era cedo para saberem se a floresta seria salva de fato, ou teria o seu destino apenas procrastinado por algum tempo.

"Safe for now..." ela pensou.

Isso a consolava um pouco. Era verdade o que o psicólogo da polícia dissera a ela — não poderia ter feito nada. Eduardo apenas cumprira o que achava ser seu destino. Mas ainda assim...

Ele agora nunca saberia o que sua trisavó negra teria a contar. Que lado dela estava vivo nele, que forma de resistência, ou de resignação, que contatos com a vida e o mundo sobreviveram dela nele... E Jennifer agora contemplava o pequeno Edward, tão pálido, o sangue africano tão diluído em suas veias pueris que nenhum traço reconhecível de negritude chegava ao seu rosto, e Jen pensava que também ela jamais saberia. Esse traço do que Eduardo fora um dia, toda a completude e a profundidade de dimensões que ele mesmo mal começara a explorar, estariam mortos, extintos para o futuro.

O menino levantou-se do tapete, apanhou a folha de papel em que estivera trabalhando, mirou-a apreciativamente por um instante, e então caminhou até a poltrona em que Jennifer estivera sentada. Sentou-se em seus joelhos e mostrou a ela a obra de arte na qual trabalhara o dia todo, segundo o que a Mãe há pouco contara a Jen.

Levou algum tempo até que Jen compreendesse do que o desenho tratava: um rinoceronte de couro escuro, pintado de amarelo e marrom. Olhou com cuidado o rosto do filho e viu ali apenas uma certa admiração pelo seu desenho, estampada discretamente no rostinho de traços finos.

Olhou então para o alto da estante, a última prateleira onde estavam os livros de Eduardo, que ela guardara depois de sua morte. Livros sobre rinocerontes. Em um deles encontrara a carta malcriada que os pais de Sasha escreveram. Pensava com freqüência nos livros, mas raramente abria-os — representavam mais um lado desconhecido do homem que amara por tão pouco tempo mas tão intensamente. Um lado misterioso que nem mesmo os seus pais poderiam iluminar.

Mas o filho que ele nunca conheceu jamais vira os livros — nem a estátua de bronze encaixotada e trancada no sótão. De onde viera, então, este vívido rinoceronte pintado com canetas coloridas? E parecia tão realista, apesar de representado por mãos infantis...

Um rinoceronte cujas patas levantavam poeira, correndo e seguindo adiante com toda a determinação do universo.

AGRADECIMENTOS

A Corrida do Rinoceronte possui uma gênese múltipla. Em 1990 ou 1991, sonhei com um rinoceronte. Foi um sonho que me causou profunda impressão, e minhas buscas em dicionários de sonhos não revelaram nada, de modo que a minha curiosidade inicial permaneceu viva ao longo dos anos. Em 1992, durante a 50.ª Convenção Mundial de Ficção Científica, gravei uma entrevista com Bruce Sterling, em que ele desafiava os autores brasileiros a escreverem como brasileiros, mas histórias ambientadas fora do país (fosse nos Estados Unidos ou em Marte). Ele falava de uma história de ficção científica, e não de fantasia contemporânea, mas neste caso os dois gêneros estão próximos o bastante, a meu ver. (Foi nas ruas de Orlando, a cidade em que se deu a convenção, que vi o Camaro Z/28 1969.)

Anos depois, possivelmente entre 1999 e 2000, tive uma conversa com o Prof. Lynn Mário Trindade Menezes de Souza, a respeito dos emblemas culturais e étnicos que carregamos conosco — e que às vezes parecem nos ter como bagagem, e não o contrário. Enfim, em dezembro de 1996, em férias com a família em Santos, assisti a uma reportagem de telejornal sobre uma fêmea de rinoceronte-negro que escapou do zoológico de San Diego, Califórnia, e teve que ser sacrificada. A imagem do animal africano correndo entre automóveis e casas de subúrbio foi tão forte, que eu *tinha* que responder a ela, com uma narrativa de ficção. Uma reportagem sobre corridas de rua na revista *Car Craft: Do-It-Yourself Street Performance* me forneceu um dos panos de fundo para as aparições do rinoceronte. A história da antepassada que teria sido mucama da Princesa Isabel me foi contada por minha mãe, Maria Nirce, e faz parte da nossa história familiar, embora de modo tão nebuloso quanto o descrito aqui. A idéia de uma épica familiar que entra na composição da identidade de uma pessoa, eu sedimentei durante o curso de "Literatura e Diferença", conduzido pela Profª. Laura Izarra na Faculdade de Letras da Universidade de São Paulo.

Alguns amigos me ajudaram com sugestões e revisões sobre os diversos aspectos do romance. M. Elizabeth "Libby" Ginway, professora de língua portuguesa e literatura brasileira junto à Universidade da Flórida em Gainesville, opinou sobre o meu tratamento da cultura americana — e da cultura dos *street rodders*, já que ela também é uma aficcionada. Libby ainda me enviou um texto fundamental, sobre o rinoceronte como totem xamânico. Carlos Angelo, um programador de *software* básico e tradutor, fez sugestões pertinentes à tecnologia e à cultura informacional presentes na história. Os dois desviaram-se, para me ajudar, de outras atividades mais importantes do que opinar a respeito ou revisar o meu texto, e por isso eu lhes sou especialmente devedor. Minha esposa Finisia Fideli leu o primeiro rascunho e forneceu sugestões e as inestimáveis reações positivas que fazem a gente insistir num projeto como este.

Por fim, menciono ainda Douglas Quinta Reis e Silvio Alexandre, da Devir. Em especial o Douglas, que sempre mostrou entusiasmo por esta história.

— Roberto de Sousa Causo
São Paulo, agosto de 2006.